齐鲁文化
研究文库

荀卿学案

熊公哲 著

齐鲁文化研究文库

学术委员会主任：陈　来
　　　　副主任：王志民
委　员（按姓氏音序排列）：
　　　　　　程奇立　杜泽逊　方　铭　李存山
　　　　　　孙家洲　田汉云　王钧林　王震中
　　　　　　王中江　王洲明　杨朝明　杨庆存
　　　　　　郑杰文

主　编：王志民
副主编：王洲明　王钧林　张　磊

出版说明

《齐鲁文化研究文库》从文化与学术两方面，精选了二十世纪以来历代学人对于齐鲁文化的研究成果，重印出版。"文库"所收之书，均为当时最能代表齐鲁文化研究水平的著作：或为一领域之集成之作；或其学说能成一家之言；或其在当时条件下于文化、学术方面有所创新、突破，而在今日看来亦能有益学林者，概均以其能反映当时文化与学术之面貌为准则。

民国时代，处中西文化、学术相碰撞与交融之时代，也是中国学术转型之滥觞；民国学人，学为通学，兼及中、西，为文渐脱清代考据之风，而汪洋恣肆、信手拈来。文意顺畅、思想通达，但以今日标准观之，于编校处问题亦多，为保其原貌，便于研读，在编辑整理中拟遵循以下之准则。

一、所收之书，原版均为繁体竖排，此次出版均改为简体横排。

二、文字繁转简及标点符号使用，均按现代汉语使用规范处理。

三、为充分尊重原著，书中原有之人名、地名、书名等，凡不影响阅读之处，对原文一仍其旧，不作改动。

四、原著中所引之文献，多有不注出处或省略更改者，但为保其原貌，倘不失原意，均以原版文献呈现，不以今本或其他底本为据修改。如确需校改者，则以"编者注"形式说明。

五、凡属原著排印错误，或系作者笔误，均做修改，但不出校记。

六、原书因书页残缺、字迹模糊等原因而不可识者，所缺字数用"□"表示；字数难以确定者，则用"（下缺）"表示。

我们虽竭力而为，但疏漏谬误，在所难免，望方家不吝指正。

目 录

序 / 1

凡 例 / 1

卷 首 / 1

　　儒学系表 / 1

　　荀卿传略 / 4

　　荀子考略 / 5

　　荀学源流 / 6

卷 一 / 13

　　《道隅》第一 / 13

　　《学行》第二 / 15

卷 二 / 18

　　《天人》第三 / 18

　　《止足》第四 / 19

　　《中事中说》第五 / 20

卷 三 / 24

　　《伦类》第六 / 24

　　《言议》第七 / 26

《隆正》第八/ 27

卷　四 / 31

《性伪》第九 / 31

《化性》第十 / 35

《心权》第十一 / 37

《师法》第十二 / 41

卷　五 / 44

《义利》第十三 / 44

《诚守》第十四 / 46

《隆仁》第十五 / 46

卷　六 / 49

《后王》第十六上 / 49

《后王》第十六下 / 51

《正名》第十七上 / 53

《正名》第十七下 / 55

《王政》第十八 / 58

《群分》第十九 / 59

《旨要》第二十上 / 61

《旨要》第二十中 / 63

《旨要》第二十下 / 65

后　序 / 71

附　录 / 75

序

京师有所谓古物陈列所者，其区宇寥廓深曲，而绮丽杂博，纵横盘错，阡陌其行；哲尝游之，其纡舒曲折，皆程之以绳，依绳为导，无迷失焉。又尝游于所谓颐和园矣，幽亭层阁，路无遵循；歧衢之际，每迷而莫知所向，而失而未及览者亦多焉。均之宏宇也，游者或至迷失，或不焉者，有导之与无导异也。噫！若哲之为《荀卿学案》也，亦欲为士之游览于荀子者，引绳而导其程而已矣！《荀卿学案》者，案论荀子之学，究其归趣，析其迁蜕者也。夫荀子固曰：多言则文而类，终日议其所以，言之千举万变，其统类一也；是圣人之知也。少言则径而省，论（郝懿行云：古论与伦字通）而法，若佚（俞樾云：佚读秩，秩犹程也）之以绳；是士君子之知也。千举万变者，其统类固一乎！则于其千举万变之中，求其统类，使之径而省，若佚之以绳；倘亦所谓士君子之知欤？哲少且贱，何足以语于学。顾自知书，颇好窥求诸子旨趣；以谓吾国学术非不昌也，病在概屏为异端不复求耳。平居观览，偶有省悟，辄写别纸，以备参究；盖于诸子皆然。积之往往成帙，尔又自悔往者观览之欲速，欲温故以求知新，于是并取别纸所记而条理之，《荀卿学案》亦遂作焉。古者垂作弓，浮游作矢，而羿精于射；奚仲作车，桑杜作乘马，而造父精于御。是书之作，非敢曰著述也；虽然，或者其亦足为学术中为羿与造父者之弓矢车马也欤？若韩非、李斯、董仲舒之伦，斯则流衍所极，论之固有待云。

民国十一年十一月熊公哲翰叔序于京师寓庐。

凡例

一、本书案论荀子学说，析其迁蜕，究其旨趣，务明纲领，一义一篇，而意实一贯。有胜义，或杂出他篇，或立下篇，盖犹《文心雕龙》《史通》体例耳。

二、本书务在透发荀子旨趣，不没其长，亦不强文其瑕，要在存其本面，无失其真而已。

三、本书每发一义，必征引原文以证；文冗，则略为删节，其有讹夺，则参折诸家校勘，以意从违；并加注释，其见于王益吾《集解》者，但注校正字，言其然，不复辩其所以然，以其书具在，可覆案也，故从略焉。

四、论有不期而相合，或先得我心，此墨子所谓当而不可易，刘彦和所谓势自不得异者也。本书于杼轴予怀，他人我先者，以为不伤廉而愈义，胡虽爱而必捐；初稿于所采摭姓氏书目，一一注明，书成就正张孟劬先生，先生以采摭古人，或可注所自出，若并世诸贤，其人尚存，其说或自变易，即所见偶同，未可便执为其人之说，今悉将此注删去，而详其说于此。

五、窃尝妄议，演述吾国古学，解以西哲名理，于事似便，于理恐失。譬画家图尧、禹、周、孔，而被以近时衣冠，肖乎否也。且牵合附会，或所不免，如荀子谓无伪则性不能自美，无性则伪之无所加，性者，本始材朴（原作朴校正）也，（郝懿行云：所谓素以为绚。）伪者，文理隆盛也；性伪合，然后圣人之名一，天下之功就。此与康德理性者知之形式，经验者知之材料，意义颇合。然主旨不同，归趣必异。是故《洪范》谋及庶人，而托为议院权与，《论语》有妇人焉，而推本女子参政，夫岂不可言之成理；然不谓之失本乱真不可也！本书兢兢欲避此病，务在各如其面，还其本真，未敢远掇西学，亦由其识有未周故耳。

卷首

儒学系表

韩非《显学篇》曰：自孔子之死也，有子张之儒，有颜氏之儒，有孟氏之儒，有漆雕氏之儒，有仲良氏之儒，有孙氏之儒（顾广圻云：孙即孙卿，《难三篇》燕子哙贤子之而非孙卿是），有乐氏之儒。（荀子《非十二子篇》亦曰：弟佗其冠，衶禫其辞，禹行而舜趋，是子张氏之贱儒也。正其衣冠，齐其颜色，嗛然而终日不言，是子夏氏之贱儒也。偷儒惮事，无廉耻而嗜饮食，必曰君子固不用力，是子游氏之贱儒也。此虽言在三子之门为贱，非贱三子；然分言三子，则儒者已有同门异户矣。韩退之谓孔子之道大而能博，群弟子不能遍观而尽识也；故学焉而皆得其性之所近。其后离散，分处诸侯之国，又各以所能授弟子；源远而末益分。其推究儒家分户之故，可谓能得其要。)又曰：孔墨之后，儒分为八，墨离为三,八儒，即子张以下所举是。盖必皆离孔有独立之学者，故曾子、子夏诸人不与焉；曾子子夏诸人虽未能邃为孔子，要为孔学正传。是故堂堂乎张，曾子以为难与并为仁，孔子之道，仁而已矣（《吕氏春秋》：孔子贵仁，墨子贵兼）；而孔子谓子张亦云，不践迹，亦不入于室。若如漆雕之不色挠，不目逃，行曲，违于臧获，行直，则怒于诸侯；如《显学篇》所称，又儒而侠者也。然则八儒之必皆有异于曾子、子夏诸人，从可断矣。（论者或谓儒家者流，再传之后，颜氏传《诗》为道，为讽谏之儒；孟氏传《书》为道，为疏通知远之儒；漆雕氏传《礼》为道，为恭俭庄敬之儒；仲梁氏传《乐》为道，以和阴阳，为移风易俗之儒，乐正氏传《春秋》为道，为属辞比事之儒；公孙氏传《易》为道，为洁静精微之儒。是则八儒或传《书》，或传《诗》，或传《易》，或传《春秋》，要之皆修六艺之业，得圣人之一体；可知也。又韩退之云：子夏之学，其后有田子方，子方之后，流而为庄周。故周之书，喜称子方之为人。庄周道家也，然则孔子之道，其流衍所极，非但儒家而已。子夏之传，一变而为道家之庄周；亦犹荀卿之传，一变而为法家之韩非、李斯。若八儒者，犹修六艺之业，得圣人之一体，故仍不失为儒也。）今以年代为次，列为系表如下：

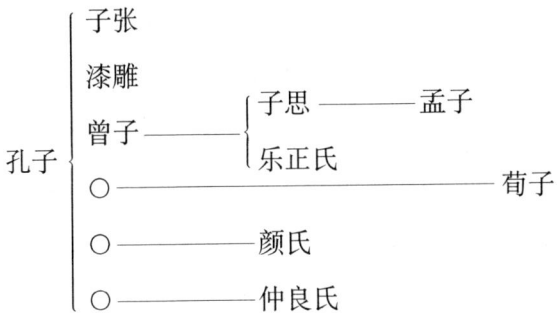

案乐正氏氏乐正子春，曾子弟子。仲良或作仲梁。又案汪中《荀卿通论》以荀子之学，出于子夏、仲弓。今录之以备一说：

《通论》曰：《史记》载孟子受业子思之门人，于荀卿则未详焉。今考其书，始于《劝学》，终于《尧问》，（刘向所编《尧问》第三十，其下仍有《君子》《赋》二篇；然《尧问》末附荀子弟子之词，则为末篇无疑；当从杨倞改订本。）篇次实仿《论语》。《六艺论》云：《论语》子夏、仲弓合撰。《风俗通》云：穀梁为子夏门人，而《非相》《非十二子》《儒效》诸篇，每以仲尼、子弓并称。子弓之为仲弓，亦犹子路之为季路。（公晢案应劭云：子弓，子夏之门人。韩退之谓子弓駢臂，盖传易者。以子弓为仲弓，实始于元人吴莱。）知荀卿之学，实出子夏、仲弓也。《宥坐》《子道》《法行》《哀公》《尧问》五篇，杂记孔子及诸弟子言；行盖据其平日闻于师友者，亦由渊源所渐，传习有素也。（胡元仪《郇卿别传》云：杨倞以子弓为仲弓。云子者。著其为师。考其时世，郇卿不得受业于仲弓。

不过因孔子称仲弓可使南面，以为必仲弓可比孔子耳；殊乖事之实也。王弼注《论语》云，朱张字子弓，郇卿以比孔子，朱张在孔子前，郇卿更不能受业。朱张字子弓或有所据，以为郇卿所称子弓，诬亦甚矣！公哲按子弓究竟为谁，先尽已不能考定；而退之说实为彼善于此。又案，《史记》谓孟子受业子思之门人，意者，郇卿亦受业子弓之门人也钦？）

荀卿传略

（司马迁、刘向叙述荀子互有违合，后儒考论不决。今去其究杂，最为传略；其见于本书，如议兵事，不著。）

荀卿战国时人，亦称孙卿（谢墉《荀子笺释》序云：荀卿又称孙卿，自司马贞、颜师古以来，相承以为避汉宣帝讳，故改荀为孙。考宣帝名询，汉时尚不讳嫌名，且如后汉李恂与荀淑、荀爽、荀悦、荀彧俱书本字，讵反于周时人名，见诸载籍者，而改称之。若然，则《左传》自荀息、荀瑶，多矣，何不改耶？且即《前汉书》任敖，公孙敖，俱不避元帝之名惊也。盖荀音同孙，语遂移易，如荆轲在卫，卫人谓之庆卿，之燕，燕人谓之荆卿，又如张良为韩信都，《潜夫论》云，信都者，司徒也。俗音不正曰信都，或曰申徒，或曰胜屠，然其本一司徒耳。然则荀之为孙正如此比,以为避宣帝讳,当不其然。按谢说甚辩,而郇卿别传云,郇卿名况,盖周郇伯之遗苗,郇伯公孙之后,或以孙为氏,故又称孙卿焉。按胡说亦有据,故并存其说,学者可以互参),名况。(《郇卿别传》云:孟子为卿于齐,荀卿亦为卿于齐,虞卿为赵上卿,时人尊之,号曰虞卿。郇卿亦为赵上卿,故人亦卿之而不名也。)生于赵,游学于齐,一入于秦,而仕于楚;卒于兰陵,葬焉。齐自威宣聚天下贤士于稷下,命曰列大夫,尊宠之,不治而议论。(《郇卿别传》考异云:稷下之士,实威王初年始聚之。《淳于髡传》,齐威王八年,楚伐齐,髡使赵请兵,是其证也。)及荀卿年五十,来游;犹修列大夫之缺,而荀卿三为祭酒焉。被谗,适楚。春申君以为兰陵令。春申君卒,遂废,因家焉。荀卿嫉浊世之政,亡国乱君相属,不遂大道,而营巫祝,信禨祥;鄙儒小拘,如庄周等,又滑稽乱俗;于是推儒墨道德之行事与坏,序列著数万言,而卒。或曰:《韩非难三》云:燕子哙贤子之,而非孙卿,盖荀卿又尝至燕云。

荀子考略

(《荀子》一书,汉、隋、唐、宋诸志所载,卷帙纷纷不同。今采唐仲友序为考略。)

唐仲友云：《荀子》二十卷，三十二篇。唐杨倞注。（倞事无考。汪中云：《古刻丛钞》载唐故银青光禄大夫使持节蔚州诸军事行蔚州刺史兼御史中丞马公墓志铭，其文杨倞所作，题云：朝请大夫使持节汾州诸军事守汾州刺史杨倞撰，结衔较注《荀子》为详，其书马公葬年月云，以会昌四年三月十日卒，以其年七月十日葬，据此则杨倞乃唐武宗时人，盖可知也。）初，刘向校雠中《孙卿书》凡三百二十一篇，除复重，定著三十二篇；为《孙卿新书》，十一卷。至倞分易卷第，更名《荀子》。今所通用，倞订本也。

荀学源流

案论荀学源流可分两部言之。

一　《荀子》之与诸子
二　《荀子》之与群经

一　《荀子》之与诸子　《非十二子篇》纵情性，安恣睢，禽兽之行，不足以合文通治。是它嚣、魏牟也。忍情性，綦（极也）溪（深也）利跂（利同离，跂同企，离企，离世独立），苟以分异人为高，不足以合大众明大分。是陈仲、史鰌也。不知壹天下建国家之权称，上功用，大俭约，侵差等，曾不足以容辨异，县君臣（县，悬分也），是墨翟宋钘（即牼）也。尚法而无法，不循（二字校改）而好作，上则取听于上，下则取从于俗，终日言成文曲，反（绌，反复也，绌巡也）察之，则倜然无所归宿，不可以经国定分。是慎到、田骈也。不法先王，不是礼义，而好治怪说，玩琦辞，甚察而不急（急，旧作惠，校正），辩而无用，多事而寡功，不可以为治纲纪，是惠施、邓析也。略法先王，而不知其统，然而犹（原作犹，然而，校正）材剧志大，闻见杂博，案往旧造说，谓之五行（五常），甚僻违而无类，幽隐而无说，闭约而无解，案语词饰其辞而只敬之曰：此真先君子之言也；子思唱之，孟轲和之；世俗之沟犹瞀儒，嚾嚾然不知其所非也，遂受而传之；以为仲尼、子弓（弓原作游，校正）为兹（兹，益也）厚于后世；是则子思、孟轲之罪也。（《四库全书总目·子部·儒家序》云：王应麟《困学记闻》据《韩诗外传》所引，无子思、孟轲，以为今本为其徒李斯等所增。不知子思孟子后世论定为圣贤耳，其在当时，固亦卿之曹偶，犹朱陆之相非，不足讶也是。）

又《天论篇》慎子有见于后，无见于先。老子有见于绌，无见于信（同伸）。墨子有见于齐，无见于畸。宋子有见于少，无见于多。有后而无先，则群众无门。有绌而无信，则贵贱不分。有齐而无畸，则政令不施。有少而无多，则群众不化。

又《解蔽篇》墨子蔽于用，而不知文。宋子蔽于欲，而不知得。慎子蔽于法，而不知贤。申子蔽于势，而不知知（同智）。惠子蔽于辞，而不知实。庄子蔽于天，而不知人。由用谓之道，尽利矣。由欲（原作俗，校正）谓之道，尽嗛（同快）矣。由法谓之道，尽数矣。由势谓之道，尽便矣。由辞谓之道，尽论矣。由天谓之道，尽因矣。

按以诸篇观之，其所以非诸子，皆视孟子为切；盖荀子于当时百家之学无所不究。其学之所涵濡蜕化，当亦不独儒道已也。其必有相反、相成、相倚、相参者焉。故备列之。

二 《荀子》之与群经 汪中《荀卿通论》曰：荀卿之学，出于孔氏；而尤有功于诸经。盖自七十子之徒既殁，汉诸儒未兴，中更战国暴秦之乱，六艺之传，赖以不绝者，荀卿也。周公作之，孔子述之，荀卿传之，其揆一也。故其说霜降逆女，与毛同义。《礼论》《大略》二篇，《穀梁》义具在。又《解蔽篇》说卷耳，《儒效篇》说风雅颂，《大略篇》说鱼丽国风好色，并先师之逸典，又《大略篇》《春秋》贤穆公，善胥命，则为《公羊春秋》之学。楚元王交本学于浮邱伯，故刘向传《鲁诗》《穀梁春秋》，刘歆治《毛诗》《左氏春秋》，董仲舒治《公羊春秋》，故作书美荀卿；其学皆有所本。刘向又称荀卿善为易，其义亦见《非相》《大略》二篇。盖荀卿于诸经无不通，而古籍阙亡，其授受不可尽知矣。（公哲案《大略篇》，霜降逆女，冰泮杀内。虞文弨云：《诗·陈风·东门之杨》。《毛传》云：言男女失时，不待秋冬。正义引荀卿语，并云：毛公亲事荀卿，故亦秋冬为婚期，此所谓说霜降逆女与毛同义者也。《礼论篇》有天下者事七世，有一国者事五世，有五乘之地者事三世，有三乘之地者事二世，待年而食者不得立宗庙；所以别积厚者流泽广，积薄者流泽狭也。杨注《穀梁传·僖公十五年》：震夷伯之庙，夷伯，鲁大夫，因此以见天子至于士，皆有庙也。天子七朝，诸侯五，大夫三，士二，故德厚者流光，德薄者流卑，是以贵始德之本也。此《穀梁》义之具于《礼论篇》者也。又《大略篇》，货财曰赙，与马曰赗，衣服曰禭，玩好曰赠，玉贝曰唅，杨《注》与《公羊》《穀梁》之说同。此《穀梁》义之具于《大略篇》者也。又《大略篇》《春秋》贤穆公，以为能变也。杨注《公羊传》曰：秦伯使遂来聘。遂者何？秦大夫也。秦无大夫，此何以书，贤穆公也。何贤乎穆公？以为能变也。谓不用蹇叔百里奚言，败于殽函；而自悔变。此所谓公羊贤穆公之学也。又《大略篇》：《春秋》善胥命，而诗非屏盟，其心一也。杨注《春秋·桓三年》：齐侯、卫侯胥命于蒲。《公羊传》曰：相命也。何言乎相命？近正也。此所谓《公羊》善胥命之学也。《儒效篇》：百王之道，一是矣。……故风之所以为不逐者，取是以节之也。《小雅》之所以为《小雅》者，取是而文之也。《大雅》之所以为《大雅》者，取是而光之也。《颂》之所以为至者，取是而通之也。此说风雅颂之文也。《解蔽篇》：顷筐易满也，卷耳易得也；然而不可以二周行。此说卷耳之文也。《大略篇》：国风之好色也，传曰：盈其欲，而不愆其止，其诚可比于金石，其声可内于宗庙。《小雅》不以于污上，自引而居下。疾今之政，以思往者；其言有文焉，其声有哀焉。又《诗》曰：物其指矣，唯其偕矣。不时宜，不敬文，不欢欣，虽指非礼也。杨注《诗·小雅·鱼丽》之篇，此说国风好色及鱼丽之文也。又《大略篇》：《易》之咸，见夫妇。……咸，感也，以高下下，以男下女，柔上而刚下。又《易》曰：复自道，何其咎。此又荀卿善《易》之证也。）荀卿于诸经诚无不通！今以《通论》所诠授受分别列之于后：

《毛诗》《通论》曰：《经典·叙录·毛诗》。徐整云：子夏授高行子，高行子授薛苍子，薛苍子授帛妙子，帛妙子授河间人大毛公，毛公为《诗故训》，传于家，以授赵人小毛公。一云：子夏传曾申，申传魏人李克，克传鲁人孟仲子，孟仲子传根牟子，根牟子传赵人孙卿子，孙卿子传鲁人大毛公。由是言之，《毛诗》荀卿子之传也。

《鲁诗》《通论》曰：《汉书·楚元王交传》，少时尝与鲁穆生、白生、申公同受《诗》于浮邱伯，伯者孙卿门人也。《盐铁论》云：包邱子，与李斯俱事荀卿。（包邱子即浮邱伯。）刘向叙云：浮邱伯受业为名儒。汉书儒林传申公鲁人也，少与楚元王交，俱事齐人浮邱伯，受《诗》。由是言之，《鲁诗》荀卿子之传也。

《韩诗》《通论》曰：《韩诗》之存者，《外传》而已。其引荀子以说《诗》者，四十有四。由是言之，《韩诗》荀卿子之别子也。

《左氏春秋》《通论》曰：《经典叙录》云：左丘明作《传》，以授曾申；申传卫人吴起，起传其子期，期传楚人铎椒，椒传赵人虞卿，卿传同郡荀卿名况，况传武威（据《史记》本传当作武阳）张苍，苍传洛阳贾谊。由是言之，《左氏春秋》荀卿子之传也。

《榖梁春秋》《通论》曰：《儒林传》云：瑕邱江公受《榖梁春秋》及《诗》于鲁申公（沈钦韩云：传不言申公榖梁所受，案榖梁序疏云：榖梁传孙卿，孙卿传鲁人申公，申公年不能逮孙卿，盖其师浮邱伯也；荀卿传浮邱伯，而浮邱伯传申公耳）；传子至孙，为博士。由是言之，《榖梁春秋》荀卿子之传也。

《曲台礼》《通论》曰：荀卿所学本长于礼。《儒林传》云：东海兰陵孟卿善为《礼》《春秋》，授后苍疏广。刘向叙云：兰陵多善为学，盖以荀卿也。又《二戴礼》并传自孟卿，《大戴礼》曾子《立事篇》，载《修身》《大略》二篇文；《小戴》（公哲案《儒林传》，后苍授礼戴德延君，是为大戴，又授戴胜次君，是为小戴。）《乐记》《三年问》《乡饮酒义篇》载《礼论》《乐论》篇文。由是言之，曲台（公哲案《儒林传》，后苍说礼数万言，号曰后氏曲台记，服虔云：在曲台宫校书著记，故名）之礼，荀卿之支流与余裔也。

今据诸说列为弟子系表如下：

（甲）学系　按《史记·韩非传》云：与李斯俱事荀卿。斯自以为不及。然韩李流入法家；其儒学正系，自无逾于董仲舒者。仲舒盖传经而有自立之学，且私淑荀子者也。荀子门徒有自立之学者，独此三人，故不必表列。

（乙）经系

诗	荀子所自受					荀子所授			
毛诗	夏子	曾申	李克	孟仲子	根牟子	荀卿	大毛公	小毛公	
鲁诗						荀卿	浮邱伯	申公	
春秋	荀子所自受					荀子所授			
左氏	左丘明	曾申	吴起	吴期	铎椒	虞卿	荀卿	张苍	贾谊
穀梁						荀卿	浮邱伯	申公	瑕邱江公
公羊						荀卿			董子

卷一

《道隅》第一

周自文武道衰，王官失职，百家九流，应时并起，荀子以为道有一隆。(《儒效篇》：君子言有坛宇，行有坊表，道有一隆。)慎子有见于后，无见于先；老子有见于绌，无见于信（同伸）；墨子有见于齐，无见于畸；宋子有见于少，无见于多（《天论篇》）；又以为墨子蔽于用，而不知交；宋子蔽于欲，而不知得；慎子蔽于法，而不知贤；申子蔽于势，而不知知（同智）；惠子蔽于辞，而不知实；庄子蔽于天，而不知人；此数具者皆道之一隅（《解蔽篇》），而非一隆之道也（隅偏隆中也。故曰：先王之道，比中而行之）；道者，体常而尽变，一隅不足以举之。然则所谓一隆之道者何也？《儒效篇》曰：儒者法先王，隆礼义，又曰：先王之道，仁之隆也；比中而行之。曷谓中？礼义是也。是则荀子所谓一隆之道者，先王之道，礼义是也。荀子固以为礼莫大于圣王者也。故《非十二子篇》又曰：今夫仁人也将何务哉？上则法舜禹之制，下则法仲尼、子弓之义；如是，仁人之事毕，圣王之迹著矣。舜禹即荀子之所谓圣王也。制，即礼也。要其所以法仲尼、子弓者，亦谓其法圣王故也，所以谓慎、墨为一隅者，亦谓其不法圣王故也。（刘向《荀卿新书》序云：方齐宣王威王之时，聚天下贤士于稷下，尊宠之，若邹衍、田骈、淳于髡之属甚众。咸作书刺世。是时荀卿有秀才，年十五，来游学。诸子之事皆以为非先王之法也。又曰：赵亦有公孙龙，为坚白同异之辞。魏有李悝尽地力之教。楚有尸子、长卢子、芋子皆著书；然非先王之法也。哲案非先王之法一语。实得荀子真诠。又案年十五，《史记·荀孟列传》作五十。）故荀子者，以先王之道为道者也！虽然，荀子之言性也，固曰：人之性恶，其善者伪也。伪者，为也。彼其意以为尧、禹者（荀书每举尧赅舜，或举舜赅尧），非学而具者也；（《荣辱篇》：尧、禹者，非生而具者也；夫起于变故，成乎修为，待尽而后备者也。）故法之有道，为之有渐。《儒效篇》曰：涂之人，百姓，积善而全尽，谓之圣人；彼求之而后得，为之而后成，积之而后高，尽之而后圣；故圣人也者，人之所积而致也。积也者，所以移质也。尽也者，所以全善也。求则固无礼义，强学而求有，不知礼义，思虑而求知；所以为也。（《性恶篇》：今人之性，固无礼义，故强学而求有之也；性不知礼义,故思虑而求知之也。)此其所以为尧、禹之道也。为之如何?亦如仲尼、子弓之法先王而已矣;亦毋若慎、墨之蔽于一隅而已矣;是则荀子所谓仁人之务已。

抑尝闻之,学者皆曰:孟子法先王,荀子法后王,而吾乃以荀子为以先王之道为道,何哉?曰:荀子之法后王,非法之也,为法先王,故言古而节今,以近而知远耳。(说见《后王篇》。)顾其法先王也,则又有与孟子异者。孟子之论政,固曰:遵先王之法而过者,未之有也。为政不因先王,可谓智乎?孟子之于先王,遵焉已耳。因焉已耳。荀子则不然,其所法于先王者礼,而其言礼也参于法,故其于先王也务于合。是故孟子者以己规先王者也,其为德也达。荀子者以先王衡己者也,其为道也固。是则其异已。

《学行》第二

《劝学篇》曰:君子之学也,入乎耳,箸(同著)乎心,布乎四体,形乎动静;端而言,蠕而动;一可以为法则。小人之学也,入乎耳,出乎口;君子之学也,以美其身;小人之学也,以为禽犊。《修身篇》曰:凡治气养心之术,莫径由礼,莫要得师(《劝学篇》:学莫便乎近其人……学之经,莫速乎好其人,隆礼次之。其人谓得其人而师之,此得师之说,隆礼虽未明法士也，不隆礼虽察辩散儒也。散即庄子散木之散，此由礼之说。盖自学言，则礼重于师，自礼言，则师先于礼；礼重于师，故曰莫径，师先于礼，故曰莫速），莫神一好。(即《儒效》并一而不二，则通于神明，成相好而一之神以成之义。)夫所谓治气养衰者，入耳箸心，布四体，形动静也；夫是之谓美身。然则荀子之学。其用在治气养心，以美其身；而所以为之者三：一曰由礼，二曰得师，三曰一好。虽然，《儒效篇》曰：不闻，不若闻之；闻之，不若见之；见之，不若知之；知之，不若行之；学至乎行之而止矣。所谓闻之者，入乎耳也；然而未若见之也。所谓知之者，箸乎心也；然而未若行之也。荀子固以为闻之而不见，虽博必谬；见之而不知虽识（识，默识，亦志也）必妄；知之而不行，虽敦必困（亦见《儒效》）；故又曰：行之明也；明之为圣人；圣人也者，本仁义，当是非，齐言行，不失毫厘，无它故焉，已乎行之矣。是故礼也，师也，一好也，所以美身也；行之，所以为明也。明者，大也。(《小雅·车辖正义》云：明，亦大也。中庸高明，所以覆万物也。左成十六年传《夏书》曰：怨岂在明，不见是图；将慎其细也。今而明之，其可乎？是明与大同义。)何行乎？曰礼。故曰：行也者，行礼也。(《大略》)然则其所谓圣人也者，人之所积而致也云者，亦行其所知之礼，积之而明且尽者也。荀子之学，至乎行之而止矣。抑吾闻墨子之言有曰：今天下之君子之名仁也，虽禹、汤无以易之；兼仁与不仁，而使天下之君子取焉，不能知也。故我曰：天下之君子不知仁；非以其名也，亦以其取也。取也者，取而行之也。然则荀子所谓见之而不知，虽博必谬；知之而不行，虽敦必困者；毋亦墨子兼仁与不仁而使天下之君子取焉，不能知也之义欤？（所谓不能知者，即不能，如荀子所谓不失毫厘耳。）荀子之学，其参于墨子者，固亦多矣。是故墨子以可用为善，而荀子以益理为中；墨子以中利为义，而荀子以两得为兼。（说各在其篇。）学也者，固时会之所冶也。荀子固亦曰：君子之学如蜕，幡然迁之。（《大略篇》）凡荀子之学之有所迁蜕者，皆随义诠证焉。

卷二

《天人》第三

曷谓天？无待而固然者谓之天；曷谓人？必且有待而后然者谓之人。昔者，庄子以为物不胜天，久矣。故曰：何为乎？何不为乎？夫固将自化；正而待之而已耳。荀子以为物之所以生在天，而所以成在人；错人而思天，则失万物之情。故曰：惟圣人为不求知天，又曰：大天而思之，孰与物畜而裁之？从天而颂之，孰与制天命而用之？盖惟有庄子之正而待天，而后有荀子之不求知天；荀子固以为庄子蔽于天，而不知人者也。故荀子之学，亦在知人而已。知人者，裁天而制之也。故又曰：善言天者必有征于人。且夫诸子之言天也，有曰：天地不仁者焉，老子是也。（老子曰：天地不仁，以万物为刍狗。）有曰：天之于人无厚者焉，邓析是也（邓析有《无厚篇》）。墨家动作有为，必度于天。儒者修人，亦以应天。荀子乃曰：惟圣人不求知天，大天而思之，孰与物畜而裁之？从天而颂之，孰与制天命而用之？无它，彼以为道者，非天之道，非地之道，人之所以道也。故荀子者，以人全天者也，治人道者也。其意以为先王之道，固如是耳。故又曰：人道莫不有辨，辨莫大于分，分莫大于礼，礼莫大于圣王。（本篇多引《天论篇》，惟人之所以道云云，见《儒效》。此数语见《不苟》。）礼者，人道之极也。（《礼论》）此其所以法先王而隆礼义也。是则荀子之特征也已。

《止足》第四

止足者，止诸至足；即《大学》止于至善之义也。至足，即谓至善也。儒者之学，固贵于有所止之。

凡可以知，人之性也，可知物之理也；以可以知之性，求可知之理，而无所疑止之（俞越云：疑同凝；定也。独诗靡所止疑。）则其所以贯（习也），理焉，虽亿万，已（终也）不足挟（同浃，周也）万物之变。夫所以贯理，虽亿万已不足挟万物之变；此荀子之所谓与愚若一也。学老身，长子，与愚者若一，犹不知错（置也）；又荀子之所谓妄人也。（说具《解蔽篇》。）故荀子以为君子之所谓知者，非能遍知人之所知之谓也；君子之所谓贤者，非能遍能人之所能之谓也；君子之所谓辩者，非能遍辩人之所辩之谓也；君子之所谓察者，非能遍察人之所察之谓也；有所止（原作正，校正）矣。（《儒效篇》）故曰：学也者，固学止之也。（《解蔽篇》）止之者，要于不与愚者若一而已矣；要于不老身长子不为妄人而已矣。

乌乎止之？曰：止诸至足，曷谓至足？曰：圣王（原缺王字，校正）也。夫荀子固以圣王之道为道者也，意以为圣也者，尽伦者也；王也者，尽制者也；两尽者，足以为天下法则矣。（《解蔽篇》）故曰：学者以圣王为师，案（语词）以圣王之制为法。以圣王为师，案以圣王之制为法者，即谓止诸至足也。尽伦尽制者，亦即至足之谓也。盖荀子而言，如是，则可以为至足，而不必遍知能辩察人之所知能辩察矣；可以免于愚，而逃于妄矣。虽然，抑吾更有说焉；夫所谓以可以知之性，求可知之理，而无所疑止之，则其所以贯理焉，虽亿万，已不足挟万物之变者，即生也有涯，知也无涯之旨也。然则止诸至足云者，固大学止至善之义也；或者亦激于庄子之说，而思所以矫之也欤？大抵荀子之学其于墨与法，则相倚而相参；其于道与名，则相反而相成；要之一衷于儒而已矣。

《中事中说》第五

周自文武道衰，至于战国，方术之士，益纷纷争以其学鸣。

是以荀子论学者之所止，君子之所长，所以谲（王念孙云：谲、决古字通，《暌上九》王注：恢诡谲怪。《释文》：谲本亦作决，谲或作谪，谲之讹耳。《韩诗外传》引正作谲德）德定次，使万物得其宜，事变得其应，慎墨不得进其谈，惠邓无所窜其察，言必当理，事必当务之道曰：凡事行有益于理者立之，无益于理者废之，夫是之谓中事；凡知说有益于理者为之，无益于理者舍之，夫是之谓中说。中事中说云者，亦犹墨子言足以迁行者常之（迁，迁于乔木之迁。常，尚也），不足以迁行者勿常；言足以举（举，高也）行者常之，不足以举行者勿常；意也。盖自墨子以可用为善（《兼爱下》，用而不可，虽我亦将非之；且焉有善而不可用者），荀子亦遂以益理为中矣。（义具《儒效篇》。）夫惟知说有益于理者为，无益于理者舍也，是以坚白同异，有厚无厚之察，非不察也；然而荀子以为君子不辩止之也。不辩止之者，谓辩不止于是也。（杨倞《修身》注：止之谓止而不为；今从王益吾说。）维事行有益于理者立，无益于理者废也，是以倚魁之行，非不难也；然而荀子以为君子不行止之也。不行止从者，谓行不止于是也。荀子之为学，固贵于有所止之者也。然则若何而可？曰：凡事行有益于理者立之，无益于理者废之；凡知说有益于理者为之，无益于理者舍之；如是而已。要之，荀子亦惧学者之为愚为妄，玩奇辞，为倚行，故立止足之谊以定其师法（以圣王为师，以圣制为法）；发有益之理，以齐其行说（使不为杂学倚行，而归于一隆之道；故谓之齐）；凡以明道有一隆而已。故又曰：充虚之相施易也，坚白同异之分隔也（案皆当时析辞言物之辩），是聪耳之所不能听；明目之所不能见也。不知，无害为君子，知之，无损为小人；而狂惑戆陋之人，乃始率其群徒，辩其谈说，明其辟称，老身长子，不知恶也；夫是之谓上愚。夫所谓聪耳不能听，明目不能知者，谓虽亿万不足挟万物之情也；不知无害为君子，知之无损为小人者，谓其无益于理也。

然则所谓中者何也？曰：荀子固以为墨子蔽于用，而不知文者也。故申之以中，中者，礼义之中，荀子之所谓文也。（案《王霸篇》云："大有天下，小有一国，必自为之然后可；则劳苦耗悴莫甚焉。……何故必自为之？为之者，役夫之道也；墨子之说也。"此其意以为墨子之道，墨子能行之；不可以为天下之常；不可以为义礼之中。故曰：不知文。文者，使富贵贫贱有等，丰侈劳逸各有宜称者也。又案《庄子·天下篇》论墨子亦谓其道大觳，使人忧，使人悲，恐其不可以为圣人之道；反天下之心，天下不堪。墨子虽能独任，奈天下何？离于天下，其去王也远矣！司马谈《六家要旨》亦谓墨者俭而难遵，是以其事不可偏循，此两说者，皆足以与荀子所论相为表里。）故曰：先王之道，仁之隆也（案荀子所谓仁，与孔子旨合，盖荀子以为仁，即人道。故曰人之所以道也）；比中而行之。曷谓中？礼义是也。（《儒效篇》）又曰：怀负石而赴河，是行之难为者也，而申徒狄能之；然而君子不贵者，非礼义之中也。山渊平,天地比,钩有须,卵有毛,是说之难持者也,而惠施、邓析能之;然而君子不贵者,非礼义之中也。(《不苟篇》)《解蔽篇》引传析辞而为察,言物而为辩,君子贱之言,而疏之曰:为之无益于成也,求之无益于得也,忧戚之无益于几也,夫钩卵山渊之辩,与所谓坚白同异云云,均之析辞言物也。然则非礼义之中云者,亦谓无益于理也明矣。

所谓有益于理者又何也?曰:《解蔽篇》有曰:若夫非分是非,非治曲直,非辨治乱,非治人道,能之无益于人,不能无损于人(案乃也,《荀书》案字或为语词,或作则,或作乃字用);直将治怪说,玩奇辞,此乱世奸人之说也。是则荀子所谓有益者,人道是也。荀子之所谓学,人道而已矣。分是非,治曲直,辨治乱,何莫非人道哉?然则其所以分是非,治曲直,辨治乱者又何在?曰:亦以先王比中之礼义,为之封界而已矣。(说见《隆正篇》。)

卷三

《伦类》第六

曷谓伦？《解蔽篇》曰：圣人见蔽塞之祸，兼陈万物，而中县衡焉；故众异不得相蔽以乱其伦。伦者，同异之伦也。曷谓类？《劝学篇》曰：礼者法之大分，类之纲纪也。类者，纲纪于礼者也。

《劝学篇》曰：伦类不通，不足谓善学。(杨《注》通伦类，谓礼法所未赅，以其等伦比类而通之，所谓一以贯之触类而长也；是。)夫伦类不通，何以不足谓善学也？《儒效篇》曰：法后王，一制度，隆礼义，而敦(原作杀，校正)诗书，其言行已有大法矣；然而明不能齐法教之所不及(俞樾云：齐读济。《韩诗外传》正作济。杨《注》读齐字为句，非)，闻见之所未至，则知不能类也；是雅儒者也。法后王，统礼义，一制度，倚物怪变，所未尝闻也，所未尝见也，卒然起一方，则举统类而应之，无所拟㤆；张法而度之，则晻然若合符节；是大儒者也。然则类也者，固所以齐法教之所不及，闻见之所未至者也。《王制篇》论听政有曰：有法者，以法行；无法者，以类举。（以类举即《大略篇》所谓以左知右，以本知末之意。）故所谓知不能类者，谓无法者不能以类举也。无法者不能以类举，此所以言行已有大法而但为雅儒也。此伦类不通之所以不足谓善学也。夫荀子之为学，固贵乎依乎法，而又深其类者也。

然则通伦类奈何？曰：《儒效篇》之论大儒有曰：以浅持博。以古持今。《非相篇》之论圣人亦曰：圣人何以不（原无不字，依王念孙说加）可欺？曰：圣人以己度者也；故以人度人，以情度情，以类度类，以说度功。此皆其目也。要之亦期于以类行杂，以一行万而已。（《王制篇》）类也者，类于法者也；类于所尝闻，所尝见者也。杂者，杂出于法教之所不及，闻见之所未至者也。故一二所闻见，亿万所未闻见也。今日所闻见，千岁所未闻见也。欲知亿万，则审一二；欲知千岁，则数今日。斯所谓以情度情，以类度类已。是故荀子以为君子所听视者近，而所闻见者远。坐于室而见四海；处于今而论久远；则操术然也。故操弥约，而事弥大。五寸之规，尽天下之方也。无动而不变，无时而不移者，庄子也。类不悖，虽久同理，化而一实者，荀子也。夫惟谓类不悖虽久同理也，此五寸之规，所以能尽天下之方也。何者？万物为道一偏，一物为万物一偏。类不悖，既久同理，则亦可类推而不悖矣。类也者，固所以齐法教之所不及，闻见之所未至者也。故大儒者之于倚物怪变也，所以卒能无所拟怎，若合符节者，为其举类而应，张法而度也。然则荀子所谓操术者，以情度情，以类度类之道，譬五寸之规，可以尽天下之方，行万类之杂也。

虽然，礼者，固荀子所谓法之大分，类之纲纪也。《天论篇》亦曰：百王之无变，足以为道贯，不知贯，不知应变。所谓百王之无变者，礼也。故又曰：礼者，表也。然则类之所以应变也，盖以礼为之纲纪，表而贯之也。贯者，通也；所谓一以贯之也。荀子之隆礼，抑以此欤？

《言议》第七

百家道出于一，然而异说者，亦其所以言学之道然也。而当荀子之际，诸子之名学既昌，百家之辩说滋纷，故其言学之道，于儒为备。其可得而演述者二：

一曰：论贵有辨合有符验。（《性恶篇》）

辨合符验云者，要于坐而言之，起而可设，张而可施行（《性恶篇》）；所谓君子名之必可言，言之必可行，是其义也。夫荀子固以为道者，非天之道，非地之道，人之所以道也。其所谓学,毋亦人道已耳。故凡无辨合无符验者,彼以为此皆多而无用,辩而寡功者也;无益于理者也;不知无害为君子,知之无损为小人者也。故曰善言天者,必有征于人,善言古者,必有节于今。何者?物之所以生在天,而所以成在人。言天而不征于人,则所以生者,未必成也。是坐而言之,起而不可设,张而不可施行者也;无辨合,无符验者也。文久而灭(原作息;依王念孙说改之),节族(读奏)久而绝,传者久则俞略,近则俞(以上两俞字,原作论,校正)详,(《非相篇》)言古而不节于今,则略且绝者久而不可得详也。是坐而言之,起而不可设,张而不可施行者也;无辨合无符验者也。节于今,故法后王;征于人,故言性恶;道固然已。

二曰:凡议,必将立隆正然后可也。(《正论篇》)

夫荀子之论学也,有以古持今之道焉;有以说度功之道焉。(说见《伦类篇》。)故论贵有辨合符验者,以说度功也。议必立隆正者,以古持今也。隆正者,言议以圣王为师也。(说见《隆正篇》。)

《隆正》第八

隆正者,亦荀子言议之道,所以分是非之封界也。隆者,中也。(《儒效篇》先王之道,仁之隆也;比中而行之。)隆正,即谓中正也。《正论篇》曰：凡议必将立隆正，然后可也。无隆正，则是非不分；辩讼不决。故所闻曰：天下之大隆，是非之封界，分职名象之所起；王制是也。故凡言议期命以圣王为师。期命者，辩说之用也。(《正名篇》)然则荀子固谓言议之道，在以圣王之制，为之隆正，以定是非之封界也矣。故其非宋子见侮不辱之说也，亦其以不合王制而辩之。其说曰：圣王之分，荣辱是也。今子宋子案（乃也）不然，一朝而改之，说必不行矣。一朝而改之，谓改王制也。岂惟宋子，其所以谓慎墨为一隅，毋亦以其不合圣王而已。夫荀子固以先王之道为隆者也。其意以为天下无二道，圣人无两心；而诸侯异政，百家异说，则必或是或非，或治或乱，故以圣王为之隆正，凡合于圣王者则为道，不合于圣王者则非道，兼陈万物而中县衡焉；其是之也，不必以其言之成理，持之有故而是也；其非之也，不必以其言之成理，持之有故，而不非也；一衡于隆正之圣王而已。合者是，不合者非，夫而后异说不能乱，百家无所窜。盖其辨道也如此，其于言议也亦如此，合者是，不合者非，亦犹墨子言必立仪，言而无仪，是非利害之辩不可得而明知之义耳。故又曰：天下非察是，是察非，谓合王制，不合王制也。天下有（或也）不以是为隆正也，然而犹有能定是非曲直者邪？非察是，是察非，谓以王制之是，察百家之非也。是故言议在立隆正以定是非之封界，隆正在以王制而察所议之合否。(合者，谓莫敢损益也。)故曰：隆正者，所以分是非之封界也。

且夫是非不分，辩讼不决者，抑靡所疑止之为愚为妄者也。然则所谓以类行杂者，止于圣王之伦者也。所谓必立隆正者，止于圣王之制者也。荀子之所以谓圣王为至足而止之者，固为其尽伦也；为其尽制也。曷谓制？曰：礼。荀子固谓礼者，立隆以为极，而天下莫之能损益也。（《礼论篇》）曷谓伦？曰：伦类。荀子固谓学者以圣王为师，法其法，以求其统类也。（案章实齐谓诸子著书，承用文字，义各有主。屈平之灵修，庄周之因是，韩非之参伍，鬼谷之捭阖，苏张之纵横，皆移置他书，莫知所谓。其说良是。穷以为墨子之兼别，荀子之伦类，亦非他书所有也。又案荀子所谓类，其用要在齐法教之所不及，闻见之所未至。然或言伦类，或言统类。大抵就礼法言，则曰伦类，或简言曰类。就圣王言，则曰统类，或简言曰统。此其辨也。盖圣王有百，而礼无二致。有百，故曰统类。统者，百王相因之统纪也。无二，故曰伦类。伦者，礼法同异之伦比也。《解蔽篇》论师圣王曰：学者以圣王为师，法其法，以求其统类。求其统类者，求圣王之统类也，此言统类者也。《儒效篇》论大儒曰：法先王，统礼义。统礼义者，统先王之礼义也。此简言统者也。故曰：就圣王言，则曰统类；或简言曰统。《劝学篇》论积礼曰：伦类不通，不足谓善学。此言伦类者也。《修身篇》论法礼曰：依乎法，而又深其类；然后温温然。此简言类者也。故曰：就礼法言，则曰伦类；或简言曰类。由是观之。类即伦类；统即统类；可断言矣。故其非十二子也，于子思、孟轲之略法先王则曰：不知其统。于其造作五行则曰辟远无类。是亦王则言统，礼则言类矣。要之其用皆所以齐注教之所不及，闻见之所未至而已。）（说见《伦类篇》。）

卷四

《性伪》第九

周秦之际，杂学并起；而性善性恶之辩，亦纷纷矣。若儒者之言尤相反者，则荀、孟二子也。虽然，孟子道性善，荀子言性恶，岂好相非哉？亦其所以言学之道异耳。

荀子曰：人之性恶，其善者伪也。其分性伪曰：不可学，不可事之在天者（原作不可事而在人者，校正）谓之性。可学而能，可事而成之在人者谓之伪。其证性恶曰：今人之性，生而有好利焉，顺是，故争夺生，而辞让亡焉；生而有疾恶焉，顺是，故残贼生，而忠信亡焉；生而有耳目之欲，有好声色焉，顺是，故淫乱生，而礼义文理亡焉。又曰：枸木必将待檃栝烝矫然后直。钝金必将待砻厉然后利。今人之性恶，必将待师法然后正。得礼义然后治。然则荀子固谓生而有者性也，所谓不可学，不可事之在天者是已。而好利疾恶云云，是感而然，不待事而后然者也；是人之所生而有也。故曰性恶。待事而后然者伪也，所谓可学而能，可事而成之在人者是已。而礼义云云，是感而不能然，必且待事而后然者也。故曰善者伪且荀子亦非不曰：人皆可以为尧、禹也。特以为可以为，而未必能，必且待事而后然，则性固非生而自美耳。故其证恶，又曰：涂之人，可以为禹，则然。涂之人，能为禹，未必然也。然则可以为，未必能也。能不能之与可不可，其不同远矣。（《性恶篇》论未必能之说，有曰：足可以遍行天下；然而未尝有能遍行天下者也。此喻最为醒切。）可以为者所谓性也者，吾所不能为也；然而可化也。未必能者，所谓性不足独立而治，为之而后成，积之而后高，尽之而后圣也。（说见《化性篇》。）夫荀子固谓善言天者必有征于人者也。固谓论贵有辨合，有符验者也。故其谓性恶而善伪者，为物之所以生在天，而所以成在人也。性者，天也，物之所以生也（如可知之质，可能之具，是善之所生）；故必有待而后善。伪者，为也，物之所以成也；故必待事而后然。盖性之所待者伪，伪之所事者礼义也。是荀子言性之道，所以异于孟子者亦在言天而征于人而已。

孟子则不然，其言曰：无恻隐之心，非人也。无羞恶之心，非人也。无辞让之心，非人也。无是非之心，非人也。恻隐之心，仁之端也。羞恶之心，义之端也。辞让之心，礼之端也。是非之心，智之端也。人之有是四端，犹其有四体也。又曰：

凡有四端于我者,知皆扩而充之矣。苟能充之,足以保四海。苟不充之,不足以事父母。然则孟子所以谓人皆可以为尧、舜者,亦非谓尧、舜固人之所生而具也;谓有仁义礼智之端,可以扩而充之而至尧、舜而已。谓可以为而已。故又曰:亦为之而已。此其所以谓性善也。夫所谓亦为之者,物之所以成也;待事而后然者也。荀子之所谓伪也。可以为云者,又荀子之所谓未必能者也。故荀子之非孟子也,曰:孟子曰:人之学者其性善,是不及知人之性,而不察乎性伪之分者也。又曰:今孟子曰:人之性善,无辨合,无符验;坐而言之,起而不可设,张而不可施行;岂不过甚矣哉!夫荀子之意固以为孟子之所谓亦为之者,伪也;而曰性善,是不察乎性伪之分也。所谓可以为者,未必能者也;而曰性善,是无辨合符验也。可以为未必能云者,固坐而言之,起而不可设,张而不可施行者也。盖人之于为善也,在天者无不可,而在人者有不能,可以为,天也。不能,人也。孟子之所言者天也。荀子之所言者,人也。且夫所谓恻隐羞恶云云,是二子所谓为性之善者也。所谓好利疾恶云云,是二子所谓为性之恶者也。二子所谓为性者,固有善有恶者也。孟子有见于人之有善,无见于人之有恶,以为人之于善,固可以为,就其所以生之在天者而言之,故曰性善。荀子有见于人之有恶,无见于人之有善,以为人之于善,固可以为而未必能就其所以成之在人者而言之,故曰性恶。性善,故申之以充;性恶,故要之以伪。吾故曰岂好相非哉?亦其所以言学之道异耳。言学之道异，则无言而不异矣。

汉之董仲舒，荀卿氏之儒也，其论性曰：性有善端，动之爱父母，善于禽兽，则谓之善；此孟子之善。循三纲、五纪，通八端之理，忠信而博爱，敦厚而好礼，乃可谓善；此圣人（即指荀子）之善也。（见董子《春秋·深察名号篇》）善端，盖即仁义礼智之端也。夫孟子之善，既善于禽兽之善，而非圣人之善；此荀子之所以谓性恶也。所谓圣人之善，抑荀子所谓待事而后然者也。此荀子之所以谓善者伪也。吁，后之因性恶之说而论荀子者，其亦折衷于董子可也！虽然，董子之意，固谓荀孟二子言性之异，在于所谓善者，义有浅深耳。抑吾又谓二子之言性虽异，要其谓圣人者人之所可为，为之而后成；一也。顾孟子以为人既可以为善，则善固自内出；故其于人之为之也，曰充，而不曰伪。充也者，所以尽人之性也。荀子以为善必待为而后成，则善固自外至；故其于人之为之也，曰伪，而不曰充。伪也者，所以饰人之性也。是故孟子曰：由仁义行非行仁义，荀子曰：无之中必求于外，亦其所以言学之道异故也。

或曰：荀子所以谓性恶而善伪者，盖亦杂仁义桎梏，残生伤性之说而为义者也。其曰：善言天者必有征于人者，是庄子蔽于天而不知人故也。（《性恶篇》：伪起而生礼义。杨《注》，老子智慧出，有大伪。庄子亦云仁相伪也；义相亏也。皆言非其本性也。今引申其意而备一说焉。）其然乎？

《化性》第十

化性者，化性而起伪也。《性恶篇》曰：古者，圣王以人之性恶，是以为之起礼义，制法度。以矫饰人之情性而正之，扰化人之情性而导之也。然则所谓化性者，以圣王之礼义为之法度，矫饰而正之，扰化而导之也。虽然，荀子之所以谓性恶而善伪者，固以性之必有待于礼义；而礼义之所以能化性者，抑更有事乎积也。曷谓积？《荣辱篇》曰：材性智能，君子小人一也。可以为尧禹；可以为桀跖；可以为工匠；可以为农贾；在注错习俗之所积耳。积耕耨而为农夫，积斲削而为工匠，积反（读贩）货而为商贾，积礼义而为君子。然则积也者，注错习俗于礼义，而积之也。注错者，错置；俗，亦习也。（王念孙云：习俗双声字也。）此君子之所以化其性也。故荀子以为君子小人者，亦未尝不可以相为也。然而不相为者，则君子注错之当，小人注错之过也。所谓注错之当者，注错于礼义也。所谓注错之过者，注错于非礼义也。注错于礼义，则所习俗者礼义；所积者亦礼义也。注错于非礼义，则所习俗者非礼义；所积者，亦非礼义也。而君子小人之分即在是焉。

然则性之所以可化者何也？《性恶篇》曰：仁义法正，有可知可能之理（所谓可知，物之理也）；人固有可以知仁义法正之质；人固有可以能仁义法正之具。（所谓可以知，人之性也。)以其可以知之质,可以能之具,本仁义法正可知可能之理,此性之所以可化也。虽然,人于仁义法正,亦特有可以知之质,可以能之具耳。非果必知必能也。此善之所以不可不积也。《儒效篇》曰:性不足以独立而治。又曰:性也者,吾所不能为也;然而可化也。积也者,非吾所有也;然而为可为也。所谓性不足以独立而治者,可以知之质,可以能之具,未足独为治也。所谓无伪,则性不能自美;是其义也。(《礼论》曰性者,本始材朴也;伪者,文理隆盛也。无伪则性不能自美;无性则伪之无所加。性伪合,然后圣人名一。)夫惟性之不足以独立而治,故性必有待于礼义。夫惟积之非吾所有,故礼事必有事乎注错习俗。是故礼义者,化性之具也。注错习俗者,成积之道也。此伪之所由起也。

然则积之化性也奈何?《儒效篇》曰:志忍私,然后能公。行忍情性,然后能修。可谓小儒矣。志安公,行安修,则可谓大儒矣。志忍私,然后能公,行忍情性,然后能修者,《中庸》所谓勉强而行之也。忍者,强忍也。志安公,行安修者,《中庸》所谓安而行之也。安者,自然也。然则所谓注错习俗于礼义而积之者,注错于礼义,而习俗之,积强忍而进于安也。而习俗移志,安久移质。譬之越人安越,楚人安楚,是非天性也。积靡使然也。(《儒效》)积靡也者,其始也志移,其继也质移,久而习焉,靡与俱化也。故方其志移而质未移也,则忍私然后公;忍性然后修。而及其志移而质亦移也,则行礼要节,安之若生四肢；而性化矣。故又曰：注错习俗，所以化性也。并一而不二，所以成积也。(《儒效》)并一而不二者，并一于所注错习俗而不二，所谓莫神一好也。且夫所谓可知之质可能之具者，天也。为之，积之者，人也。吁！孰谓荀子固言性恶乎？亦欲学者之敬其在己，而毋错人而思天耳。论者犹或谓敢为高论，谬矣！

《心权》第十一

凡人之取也，所欲，未尝粹(粹，全也)而来也；其去也，所恶，未尝粹而往也。故荀子曰：人无动而可不与权俱。何谓权？曰：道。故曰：道者，心之正权也。人何以知道？曰：心。故曰：心者，道之工宰也。夫荀子固以为性恶而善伪者也，故心不可以不知道。(本篇所引《解蔽篇》《正名篇》为多，不复一一标注。)心之知道，亦伪之所由起也。

古者有言治而待去欲者，此荀子之所谓无以道读导欲，而困于有欲者也。有言治而待寡欲者，又荀子之所谓无以节欲，而困于多欲者也。然则荀子固谓欲不可去，求可道也。欲不可寡，求可节也。所谓心不可以不知道者，亦在道欲节欲而已矣。故曰：心之所可中理，则欲虽多，奚伤于治。……心之所可失理，则欲虽寡，奚止于乱。故治乱在于心之所可，亡于情之所欲。(亡读无。本节与下节引《正名篇》文，不复一一标注。)

所谓治乱在于心之所可，亡于情之所欲者何也？曰：谓欲不待可得，而求者从所可也。(《正名篇》：以所欲为可得而求之，情之所必不免也；以为可而道之，知所必出也。)荀子以为凡人莫不从其所可，去其所不可，而可不可者心；心者，天君也；出令，而无所受令。故心不可以不知道。心知道，然后可道；可道，然后能守道，以禁非道。故所谓心之所可中理，则欲虽多，奚伤于治者。谓其所可而从之者道也。可道而从之，奚以损之而乱。心不知道，则不可道，而可非道。故所谓心之所可失理，则欲虽寡奚止于乱者，谓其所可而从之者非道也。不可道而离之，奚以益之而治。夫欲不待可得，所受乎天也。求者从所可，受乎心也。故曰：治乱在于心之所可，亡于情之所欲。

抑惟欲不待可得，而求者从所可也。此吾所以谓心之知道，伪之所由起也。夫荀子之谓性恶而善伪者，固以人生有欲故也。所谓好利疾恶云云是已。故曰：性者，天之就也。情者，性之质也。欲者，情之应也。又曰：性之好、恶、喜、怒、哀、乐谓之情，情然而心为之择谓之虑。心虑而能为之动谓之伪。虑积焉、能习焉而后成谓之伪。欲为情应，情为性质。而能动于心，此荀子之所以谓心不可以不知道也。故又曰：饰邪说……为倚事……是奸人之所以取危辱死刑也。其虑之不深，其择之不谨……是其所以危也。(《荣辱篇》)然则荀子固谓奸人之所以取危辱者，情然，而心不能为之择也；非心不能为之择，择之而不谨；择之而不谨，是虑之不深也；虑之不深，是心之不知道也。吾故曰：心之知道，伪之所由起也。

人不可以不知道，而所以知道者心；其说既备矣。然则心何以知道？曰：虚壹而静，是荀子所谓心之所以知道也。

曷谓虚？曰：人生而有知，知而有志，志也者，臧也（志，即记也。知有所接而志于心者谓之藏。臧藏同字）；然而有所谓虚。荀子以为不以所已臧，害所将受，谓之虚。《解蔽篇》曰：墨子蔽于用而不知文。宋子蔽于欲而不知得。慎子蔽于法而不知贤。申子蔽于执而不知知。惠子蔽于辞而不知实。庄子蔽于天而不知人。此数具者，皆道之一隅也。夫道者，体常而尽变。一隅不足以举之。然则虚也者，谓毋若数子之蔽于所已臧之一隅，而害所将受之道也。故又曰：曲知之人，观于道之一隅而未之能识也；故以为足而饰之。以为足而饰之者，害所将受也。

曷谓壹？曰：心生而有知，知而有异，异也者，同时兼知之。（异者，形体色理以目异，声音清浊以耳异之类。）同时兼知之，两也。然而有所谓一。荀子以为不以夫一害此一，谓之壹。《解蔽篇》曰：倕作弓，浮游作矢，而羿精于射；奚仲作车，桑（原作乘，校正）杜作乘马，而造父精于御。自古及今，未尝有两而能精者也。然则羿者，不以弓矢之夫一，而害射之此一者也。造父者，不以车马之夫一，而害御之此一者也。此其所以能精也。故曰：未尝有两而能精者也。两者，即同时兼知两者之谓也。同时兼知者，譬同时可以知射，可以知御，兼可以知弓矢，兼可以知车马也。故荀子所谓一者，亦若羿之于射，造父之于御而已。故又曰：好书者众矣，而仓颉独传者，壹也。好稼者众矣，而后稷独传者，壹也。好乐者众矣，而夔独传者，壹也。好义者众矣，而舜独传者，壹也。一也者，无以害之也。

曷谓静？曰：心，卧则梦，偷则自行，使之则谋。（案卧，闲息也。梦，幻像也。偷则自行，纵恣也。使，役也。谋，思虑也。）故心未尝不动也；然而有所谓静。荀子以为不以梦剧乱知谓之静。《解蔽篇》曰：空石之中有人焉，其名曰觙；其为人也，善射（覆射，非射御也）以好思。耳目之欲接则败其思。蚊虻之声闻则挫其精。是以辟耳目之欲，而远蚊虻之声，闲居静思则通。然则所谓不以梦剧乱知者，譬觙之于射；耳目之欲而辟，蚊虻之声而远也。所谓闲居静思是也。荀子之所谓虚一而静者，义备是矣。荀子之意固以为将须道者虚之，虚则入；将事道者一之，一则尽；将思道者静之，静则察。须者，待也，事者，为也。（《正名篇》：正利而为谓之事。又此节旧不可读，今参取诸说校正。）虚以待之而入，一以为之而尽，静以思之而察；此虚一而静之所以能知道也。虽然，荀子之论空石之觙也，继曰：孟子恶败而出妻，可谓能自强矣；有子恶卧而淬掌，可谓能自忍矣，未及好也。辟耳目之欲，可谓能自强矣，未及思也。蚊虻之声闻则挫其精，可谓危矣，未可谓微也。夫微者，至人也。（此节旧不可读，今为校正。）忍坚于强，好甚于思，思而好者深于心，忍而强者著于行。然则虚一而静者，匪独心之所以知道也，亦知之所以成微也。微也者，心一乎道，行一乎心，从心所欲，而无不可也。

然则所谓道者何也？曰：先王之道，礼义之中也。故《礼论篇》曰：人生而有欲，欲而不得（所谓未尝粹而来也），则不能无求，求而无度量封界，则不能不争。争则乱。先王恶其乱也，故制礼义以分之。所谓欲而不得不能无求者，即欲不待可得之谓也。然则礼义以分之云者，亦使之求者从所可而已。

《师法》第十二

荀子之学，礼而已矣。其所谓道，亦礼而已矣。其意以为人之性恶，欲学者以人制天，而所以制天者礼。故曰：学也者礼法。礼法也者，谓以礼为之法，所以矫饰人之情性而正之，扰化人之情性而导之也。虽然，人之性既恶矣，则乌知礼之为是也。（《修身篇》：无礼何以正身；无师吾安知礼之为是。）故礼者，所以正身；师者，所以正礼也。此所谓莫径由礼，莫要得师者也。曷谓礼？王制是已。曷谓师？圣王是已。（说见《止足篇》。）且夫荀子固治人道者也，故其于圣王也，学止焉；议师焉；知说事行以之为中；化性起伪，于焉师法。无他，亦以礼者，人道之极；而礼莫大于圣王而已。

然则学者之法礼也奈何？曰：荀子为学，固贵于立隆正以为封界，然后定其合不合者也。故其言师也，曰：师云而云（《修身》），师云而云者，《诗》所谓不识不知，顺帝之则也。其言礼也，曰：礼然而然。礼然而然者，书所谓无或作好，遵王之道，无或作恶，遵王之路也。其为道亦云固矣！虽然，荀子固曰：人无法，则怅怅然；有法，而无志其义，（杨《注》：志，识也；非。）则渠渠然；依乎法，而又深其类，然后温温然；伦类不通，不足谓善学；此何谓哉？《劝学篇》曰：礼者，法之大分。《修身篇》曰：非礼，是无法也。法者，礼也。《法行篇》曰：礼者，众人法而不知；圣人法而知之。志者，知也。故所谓渠渠者，法于礼而不知者也。（所谓无志其义。）所谓温温者，法于礼而知之者也。然则荀子固谓学者之法礼也，匪独依而合之而已；必且志知其义，通深其类然后善也。故《解蔽篇》论法圣王也，亦曰：法其法以求其统类，以务象效其人。求其统类，即谓通深其类也。曷谓类？曰：类者，纲纪于礼，贯通之以应变者也。（说见《伦类篇》。）是故有法而无志其义者，言行已有大法，然而明不能济法教之所不及，闻见之所未至，知不能类者也；所谓雅儒是已。依乎法，而又深其类者，倚物怪变，举类而应之，无所疑忽；张法而度之，若合符节者也；所谓大儒是已。（《修身篇》云："有法而无志其义。"《荣辱篇》："不知其义，谨守其数。"知志异文同义。）

然则依乎法，何由以通其类？曰：亦一于礼，而积之而已。夫荀子之为学，其于礼，固以行之为止；亦未尝不思虑以求知焉。故于行则积之以安礼为全；于知则积之以通类为善。故曰：志安公，行安修，知通统类，如是，则可谓大儒矣。(《儒效》)乃若心一乎道，行乎心，则微且至矣。(说见《心权篇》。)

卷五

《义利》第十三

荀子之所谓人道,其要有二:一曰分是非,二曰辨治乱。而所以分是非辨治乱者无它,亦以礼义为之隆正而已。虽然,荀子之言礼,固杂法而言者也。其言义也,吾又以为兼利而言矣。请究其说焉。《君子篇》曰:论法圣王,则知所贵矣。以义制事,则知所利矣。论法圣王者,即法圣王之礼义也。儒者之学,自孔子罕言利,固争辨于义利矣。顾荀子言义而曰知所利,则固兼利而言矣。故《大略篇》曰:义与利者,人之所两有也。虽尧、舜不能去民之欲利,然而能使其欲利不克其好义也。虽桀、纣亦不能去民之好义,而能使其好义不胜其欲利也。昔者孟子尝问牧民于子思矣,子思曰:先利之。孟子曰:君子教民,亦仁义而已矣;何必曰利。子思曰:仁义固所以利之也。故《易》曰：利者义之和也。又曰：利用安身，以崇德也。此皆利之大者也。(《通鉴》亦引此文。)夫荀子所谓知所利者，岂非亦以利者义之和，义者利之大也。

然则其言义而兼利者何也？曰：荀子固曰：欲不可去，求可导也。其意以为性之所以为恶者欲；性之所以可化者，亦欲也。故其言义而兼利者，为欲利之可导为义也。《荣辱篇》曰：饥而欲食，劳而欲息，寒而欲暖，好利而恶害，是人之所生而有也。可以为尧、禹，可以为桀、跖，可以为工匠，可以为农贾。又曰：好荣而恶辱，好利而恶害，是君子小人之所同也。若其所以求之之道，则异矣。此其意亦曰：尧、禹、桀、跖、工贾亦各求其欲耳。得其道，则曰义，而不曰利；斯为尧、禹。失其道，则曰利而不曰义；斯为桀、跖。曷谓道，曰：礼义是已。夫荀子固以礼义者所以养人之欲，给人之求者也。(《强国篇》：人莫贵乎生，莫乐乎安；所以养生安乐者，莫大乎礼义。养生安乐者，人之所大欲，亦即所大利也。)故又曰：一之于礼义，则两得之矣。一之于情性，则两丧之矣。(《礼论篇》)两者，谓义与利也。抑吾又闻墨子之言有曰：义，利也。荀子固以为墨子蔽于用而不知文者也。则其言义而兼利者，固以利者义之和，义者利之大也；虽然，毋亦蜕于墨子义利之说也欤？(案墨子重夏道，多称禹事。故孟子言尧、舜，而荀子称尧、禹。《性恶篇》且重言为禹，是其参于墨而不觉者。此虽小事，亦一证也。)

《诚守》第十四

止足之理,源于《大学》。诚守之义,出自《中庸》。虽然,《大学》但言止于至善;孰为至善,大学未言也。而荀子乃以至足当之圣王。无它,亦以圣王为之隆正,以矫坚白同异之辩耳。坚白同异之辩,曾子之时,未有滋也。是则荀子之所由与曾子异者,时也。若夫诚守云者,则子思以率性为道,荀子以起伪为善。以率性为道,故曰:思诚尽性。以起伪为善,故曰:诚心守仁。尽者,尽其性之所有;守者,守其伪之所为。是又以言性而异者也。(荀论具《不苟篇》。)

然则所谓诚守奈何?《不苟篇》曰:夫诚者,君子之所守也。操则得之,舍则失之。操而得之则轻,轻则独行。独行而不舍,则济矣。济而材尽,长迁而不反其初,则化矣。迁者,迁善也。初者,性之初也。然则诚守云者,亦欲学者之长迁于善,而不反其性之初而已矣。诚守之义,要非荀子之学之特征。故举其义,不复究其说云。

《隆仁》第十五

汪容甫《荀卿通论》曰:荀子之学,出于孔子。信哉!荀子之学出于孔子也！虽然，荀子之学，出于孔子，汪氏言之；其出于孔子者何如，汪氏未之言也。荀子之论道不云乎？先王之道，仁之隆也；比中而行之。曷谓中，礼义是也。道者，非天之道，非地之道，人之所以道也。然则荀子固以为仁者人道之极，礼义是也。孔子之道，亦仁而已矣。此其所以出于孔子者也。

《吕氏春秋》有云：老耽贵柔，孔子贵仁。孔子之贵仁，先贤已言之矣。是故其论学也，一则曰：君子去仁，恶乎成名。再则曰：君子无终食之间违仁，造次必于是，颠沛必于是。其论人也，于令尹子文，则曰：忠矣，未知焉得仁。于陈文子则曰：清矣，未知焉得仁。忠矣，清矣，而皆不得为仁；则匪独由也千乘之国，可使治其赋，不知其仁；求也千室之邑，百乘之家，可使为之宰，不知其仁；赤也束带立于朝，可使与宾客言，不知其仁而已。是何仁之难成而易违也！且其观群弟子也，所以独贤颜回者，亦徒以其三月不违仁耳。而群弟子之相与孜孜请问，亦于仁为尤勤。此无它，其所谓仁者，乃荀子所谓人道之极，而非仅恻隐不忍之义也。故其于群弟子之问仁也，虽亦曰：仁者爱人。然如居处恭，执事敬，出门如见大宾，使民如承大祭云云；此岂恻隐不忍之义所能尽哉？由是言之，荀子所谓仁之隆者，其与孔子固先后同揆也。虽然，荀子固又曰：曷谓中？礼义是也，岂亦孔子说乎？曰：七十子之为孔子所亟称，而子贡之徒，所自以为不及者，固莫如颜回。而回之问仁，孔子即告之曰：克己复礼为仁，请问其目。则曰非礼勿视，非礼勿听，非礼勿动，非礼勿言。孔子所谓仁，亦礼而已矣。由是言之。荀子所谓礼义是也者，其与孔子固亦先后同揆也。汪容甫《荀卿通论》曰：荀子之学出于孔子。信哉！荀子之学出于孔子也！是故孔子之学归于仁，学者知之。荀子之学，亦归于仁；学者未必知也。荀子之仁，要于礼，学者知之。孔子之仁，亦要于礼；学者水必知也。吾故表而出之，以为后之论荀子者告焉。

卷六

《后王》第十六上

荀子、孟子皆诵法孔子,而其迹若有异者,性善性恶之说耳;遵先王,法后王之说耳。性善性恶,《性伪篇》已明其故矣。若法后王云者,太史公以为荀子法后王,以其近己,俗变相类,议卑而易行;是盖有托而云然耳。荀子之法后王,毋亦言古而节今,以近而知远而已矣。荀子固以为礼莫大于圣王者也,固谓儒者法先王隆礼义者也。

何言乎言古而节今也?《非相篇》曰:圣王有百,吾孰法焉?……文久而灭(原作息,校正),节族(同奏)久而绝,守法数之有司,极(极下原有礼字,校正)而褫。故曰:欲观圣王之迹,则于其粲然者矣;后王是也。然则法后王云者,非谓法后王也;谓法圣王也。谓圣王文久节褫,故观其迹于粲然者也。粲然者，明备也。故又曰：五帝之外无传人，非无贤人也；久故也。五帝之中无传政，非无善政也；久故也。传者久则俞略，近则俞详。久则俞略，此圣王之所以极而褫也。近则俞详，此后王之所以粲然也。夫观圣王，是言古也。观之后王，是节今也。节之为言验也。虽然，其所以节于今者，则固又谓以近之可以知远也。

何言乎以近知远也？曰：夫荀子固以谓古今异情，其所以治乱者异道，为妄人者也。故《不苟篇》曰：千人万人之情，一人之情是也。天地始者，今日是也。百王之道，后王是也。此言古今一度也。然则荀子所以能观圣王于粲然者，为百王之道，后王是也。夫是之谓以近知远。夫荀子之为学，固贵于有辨合符验者也；贵于类以齐法教之所不及，闻见之所未至者也。先王者，法教之所不及，闻见之所未至也。后王者，所尝闻，所尝见也。则其言古而必节今，知远而必以近者，抑亦以类行杂，以一行万之道然欤？然孰则为后王？曰：周道是已。其所谓圣王，则尧禹是已。故曰：欲知亿万，则审一二。欲知上世，则审周道。（《非相》）自荀子而言，则周道固后王矣。故又曰：禹汤有传政，而不若周之察也。察者，即谓粲然也。由是言之，孟、荀二子皆欲行先王之道者也。顾荀子以论贵辨合符验，故观之近节之见闻，审之详明之周道。盖即孔子殷夏相因，百世可知之意；亦即从周之意也。而岂以其近己易行哉？是故孟子祖述尧、舜者也。荀子宪章文武者也。且夫荀子之《非十二子》也，于子思、孟轲则曰：略法先王，而不知其统。不知其统，故曰略法。先王者，固久而俞略者也。然则荀子亦非以子思、孟轲法先王为非也。特非其不知统耳。荀子者固法先王而求其统者也。曷谓统？曰：统者，统类也。（《解蔽篇》论法圣王，亦曰：法其法以求其统类。）即所以齐法教之所不及，闻见之所未至者也。观圣王与后王是已。

然则荀子之观后王也，又奈何？曰：荀子之所贵于法圣王者，固在知其统类。而礼者，又荀子所谓法之大分，类之纲纪也。则其所法于圣王者礼，其所观于后王，以知圣王者，亦礼而已矣。故曰：将原先王，本仁义，则礼正其经纬蹊径也。经纬蹊径者，所以原先王之道在是也。夫孔子所谓殷夏相因者，固亦礼也。（将原先王云云，见《劝学篇》。《天论篇》亦曰：百王之无变。意亦指礼。与孔子百世相因之旨合。）是故荀子所谓道者，先王之礼也。其法先王也，又在观之后王。亦其所以为学之道固然耳。

《后王》第十六下

韩非有言：孔子墨子俱道尧、舜，而取舍不同，皆自谓真尧、舜；尧、舜不复生，将谁使定尧、舜之诚乎？无参验而必之者，愚也。弗能必而据之者，诬也。太史公亦曰：学者多称五帝，……其文不雅驯，荐绅先生难言之。古者言学，固未有不则古昔，称先王者；庄子所谓重言是也。（引古为重。）岂独孔墨道尧、舜哉？亦各有取舍，而自谓为真而已矣。若如庄列之容成、大庭、百皇、中央、栗陆、骊畜、赫胥、尊卢，则又五帝之外者也。诚哉，其难言也！盖学者之称古昔也，纷纷矣；抑非仅取舍不同而已。夫荀子固曰："五帝之外无传人，……五帝之中，无传政。无传人，无传政，此学者称古昔之所以纷纷也。荀子言学，固贵于辨合符验者也。韩非之所谓参验者，亦即辨合符验之谓也。然则其法后王也，固言古而节今，以近而知远也；虽然，毋亦感于纷纷难言者，故以后王为之参验，以定尧、舜之诚，而必之也欤？所谓后王者，又反容成大庭如庄列所称，无参验弗能必者而言欤？故其言曰：君子审后王之道，而论于百王之前，若端拜（依王念孙说校改。拜，古拱字也）而议。若端拜而议者，千岁若接，而不至愚且诬也。（《不苟篇》）盖周道衰而杂学盛，而荀子之出，于时最后。又尝游学于齐，观稷下之风。故其学之所涵濡者博。而与诸子相反相成者，亦多焉。是故止足之谊，用补有涯无涯之失；有益之理，为禁坚白同异之非。则其法后王也，亦安知非矫纷纷难言，弗能必者而然欤？

《正名》第十七上

正名者，即言议期命以圣王为师也。周衰，九流奋兴。而自邓析首传形名，其后惠施、公孙龙之徒，益务析辞言物。荀子以为此圣王没，名守漫，奇辞起，名实乱，是非之形不明；则虽守法之吏，诵数之儒（《劝学篇》：诵数以贯之。俞樾云：诵数，犹诵说也。《诗·击鼓篇》，与子成说。《毛传》说，数也。《礼记·儒行》遽数之不能终其物。《正义》数，说也。《荀子·王霸篇》不足数于大君子之前。《仲尼篇》固曷足称乎大君子之门哉？称与数，文异而义同。按俞说是。诵数之儒，亦即诵说之儒。《荣辱篇》不知其义，谨守其数。亦谓谨守其说也。盖所谓诵数谨守其数者，皆有法而无志其义者也），亦皆乱也。故为正名之论曰：有王者起，必将有作于新名，有循于旧名。有作于新名，有循于旧名者，变奇辞之新，反圣王之旧也。此所谓正名也。

然则其变新名奈何？曰：亦察乎所为有名，与所缘以同异，与制名之枢要而已。故曰：见侮不辱，圣人不爱己，杀盗非杀人也，此惑于用名以乱名者也。验之所为有名，而观其孰行；则能禁之矣。山渊平，情欲寡，刍豢不加甘，大钟不加乐，此惑于用实以乱名者也；验之所缘以同异，而观其孰调，则能禁之矣。非而谒楹，有牛马非马也，此惑于用名以乱实者也，验之名约，以其所受，悖其所辞，则能禁之矣。名约者，即制名之枢要也。禁者，变而禁之也。夫荀子之论名也，固以为异形离心交喻，异物名实互（原作玄，校正纽，如庄子所举犬可以为羊，白可以为黑，盖谓犬羊白黑，皆人之所名。当名约未定之前，则谓犬为羊，而谓白为黑，固无不可。此所谓异形离心交喻。异物名实互纽）贵贱不明，同异不别，则志必有不喻之患，而事必有困废之祸；故智者为之制名以指实；上以明贵贱，下以辨同异，此所为有名也。夫名也者，既以指实，辨同异，而明贵贱，则名守乱，是非之形不明，此荀子正名之所以必察所为有名，与所缘以同异，与制名之枢要，以变奇辞之新，反圣王之旧也。

然则孰察而孰变之？曰：王。盖自墨子发为义自贵者智者出之说，儒家之明贵贱者，久而亦自中焉。是以孟子以为礼义由贤者出，荀子则以为自王者出；故其正名也，亦以为自王者正。故曰：王者之制名，名定而实辨，道行而志通，则慎率民而一焉。慎率民而一焉者，其民莫敢托为奇辞以乱正名也。荀子者，固以圣王为尽伦尽制者也。

然则圣王之率民又奈何？曰：荀子以为民易一以道，而不可与共故。（郝懿行：故所以然也。所谓民可使由之，不可使知之。）故明君临之以执（同势），道之以道，申之以命，章之以论，禁之以刑；是则其所谓圣王率民之道已。（《正名篇》论不用辩说。）由是言之，荀子之正名也，其故既由于奇辞乱先王之守，而其道又在变奇辞之新，以反圣王之旧，吾故曰：正名者，即言议期命以圣王为师，盖为此也。

《正名》第十七下

荀子所谓所为有名者，固以指实也；固以明贵贱辨同异也。然则何缘而以同异？曰：缘天官。《正名篇》曰：凡同类同情者，其天官之意物也同。（有共同意想。）故比方之，疑似而通；是所以共其约名以相期（会也）也。形体色理以目异，声音清浊以耳异，甘苦奇味以口异，香臭腥臊以鼻异，疾养沧热以形体异，喜怒哀乐以心异，心有征知。征知则缘耳而知声可也；缘目而知形可也。然而征知，必将待天官（俞樾云：当作五官）之当簿其类，然后可也。此所缘而以同异也。所谓征知者，譬闻声而能证其为钟，此之谓征；征者，证也。征知，必将待天官之当簿其类者，声之类不一，闻声而能证其为钟者，必耳之一官，其所当簿于声者，有此钟之一类；故当其闻之也，能举类而证之。当簿者，默识也。耳目以其所接，征之于心，心以耳目之所当簿，同异于其类；此荀子所谓所缘而以同异也。

所谓制名之枢要又何也？曰：荀子固以同类同情者，其天官之意物也同。是以能共其约名以相期。约名者，随天官之所同异而命之名，同则同之，异则异之；然后相期以为约。即所谓制名之枢要是也。是故所谓缘天官而以同异者，缘耳而知声，缘目而知形也。所谓制名之枢要者，随天官之所同异而名之以为约也。故曰：名无固宜，约定俗成，则谓之宜。名无固实，约定俗成，则谓之实名。若是者，皆荀子正名之所先察也。

虽然，察乎所为有名，与所缘以同异，与制名之枢要，所以能禁奇辞者，又何也？曰：荀子之辨奇辞也。固曰：见侮不辱，圣人不爱己，杀盗非杀人也，此惑于用名以乱名者也。验之所为有名，而观其孰行，则能禁之矣。山渊平，情欲寡，刍豢不加甘，大钟不加乐，此惑于用实以乱名者也。验之所缘以同异，而观其孰调，则能禁之矣。非而谒楹，有牛马非马也，此惑于用名以乱实者也。验之约名，以其所受，悖其所辞，则能禁之矣。然则荀子所谓奇辞者三：一曰，惑于用名以乱名，所谓见侮不辱（宋子之说），圣人不爱己（《墨子·大取篇》：爱人不外爱己，己在所爱之中，己在所爱，爱加于己。伦列之，爱己，爱人也），杀盗非杀人也（亦见《墨子·小取》）云云是已。二曰，惑于用实以乱名，所谓山渊平，（杨《注》：即庄子山与泽平也。）情欲寡（杨《注》：即宋子人之情欲寡之说。案欲寡，谓欲其寡也），刍豢不加甘，大钟不加乐（杨《注》：此墨子说）云云是已。三曰，惑于用名以乱实，所谓非而谒楹，有牛马非马也云云是已。（杨《注》：马非马，是公孙龙说。孙诒让读牛马非马也句，引以证墨辨经下牛马之非牛。与可之同。说在兼经说下。云牛马牛也未可，则或可或不可，而曰牛马牛也未可亦不可。且牛不二，马不二，而牛马二；则牛不非牛，而马不非马无难。孙说较杨《注》为善。但非而谒楹四字终不得其所出。）故又曰：邪说僻言之离正道而擅作者，无不类于三惑矣。夫所谓惑于用名以乱名云者，谓惑于所名，而未知所为有名也。名也者，固所以明贵贱，辨同异者也。是故侮者，人之所辱；而曰见侮不辱，是贵贱不明也。人与己有别，盗亦人也；而曰圣人不爱己；杀盗，非杀人，是同异不辨也。此验之所为有名，所以能禁惑于用名以乱名也。若夫惑于用实以乱名云者，谓惑于实之靡定，而未知所缘以命名也。惑于用名以乱实云者，谓惑于所名之名，而未知所名之实也。名也者，固缘天官之所同异，而命之以为约，约定俗成，则谓之宜者也。是故验之所缘以同异，所以能禁惑于用实以乱名者，谓若缘耳而大钟乐，缘口而刍豢甘，则其说可禁也。验之名约，所以能禁惑于用名以乱实者，谓若俗皆谓牛马为马，则其说可禁也。此皆荀子之所谓析辞言物者也。盖其所以作新名之道具如此。且夫荀子固谓论贵辨合符验者也，固以治人道为道者也。故以耳目之所接为察，以约定俗成为宜，而以析辞言物为禁者，亦其道固然耳。（《正论篇》非宋子情欲寡之说，曰：人之情为欲，目不欲綦色；耳不欲綦声；口不欲綦味；鼻不欲綦臭；形不欲綦佚；此五綦者，亦以人之情为不欲乎？曰：人之情，欲是已。此缘天官而禁之也。）

《王政》第十八

荀子以为人之性恶，是故其所谓学者，以礼正身。其所谓政者，亦以礼正国而已矣。以礼正国者，荀子以为此王者之政也。故曰：国无礼则不正。礼之所以正国也，譬之犹衡之于轻重也，犹绳墨之于曲直也，犹规矩之于方圆也，正错之而人莫之能诬也。

然则礼之正国也奈何？曰：亦以礼为之衡绳规矩，使民正而不乱而已。夫荀子之学，固贵于立隆正，然后定其合不合者也；固贵于礼然而然者也。故又曰：水行者表深，使人无陷，治民者表乱，使民无失。礼者，其表也。又曰：上莫不至爱其下，而制之以礼。制者正也。昔者孔子之论政也，曰政者正也。又曰：道之以德，齐之以礼，有耻且格。齐也者，即荀子之所谓制也。正者，亦即以礼正国也。（孔子亦曰：能以礼让为国乎何有。）虽然，孔子所谓齐之以礼，固以格民之耻也。荀子所谓以礼正国，固以表民之乱也。格民之耻者，正其心；正其心者，使兴于仁也。表民之乱者正其行；正其行者，使无失也。（所谓民免而无耻也。）其言政也则同，其言礼也则异；此其故何哉？曰：此吾所以谓荀子之言礼参于法也。是故所谓礼之正国，犹衡之于轻重，绳墨之于曲直，规矩之于方圆，正错之而人莫之能诬者，谓绳墨诚陈矣，则不可欺以曲直；衡诚县矣，则不可欺以轻重；规矩诚设矣，则不可欺以方圆；君子审于礼，则不可欺以诈伪。以礼为之绳衡规矩。以礼为之绳衡规矩者，此犹慎子有权衡者，不可欺以轻重；有尺寸者，不可差以长短；有法度者，不可欺以诈伪；以法为之权衡尺寸也。(《礼论篇》)所谓隆正者，谓礼者立隆以为极，而天下莫之能损益也。此又法家立不易之法，以一齐天下之义也。是故荀子之所谓礼，法家之所谓法也。夫荀子固曰：礼者法之大分。其非慎子也，亦曰：尚法而无法。(《非十二子篇》)尚法而无法者，亦谓不知以礼为法；所谓非礼是无法耳。荀子者亦以礼为之法而已。其体则异，其用则同。此其所以与孔子异也。虽然，六艺之礼，记孔门弟子之言，固亦谓礼为坊矣。坊也者，使无失也，此又荀子所由以礼为法也欤？

《群分》第十九

《非相篇》论人有曰：今夫狌狌，形状（原作笑，校正）亦二足而无（原无无字，校正）毛；然而君子啜其羹，食其胾。故人之所以为人者，以其有辨也。人道莫大于有辨，辨莫大于分，分莫大于礼。《富国篇》论群有曰：离居不相待则穷，群居而无分则争，穷者患也；争者祸也；救患除祸，莫若明分使群矣。然则荀子所谓礼以正国者，亦明分而已；使群而已。其意以为人力不若牛，走不若马，而牛马为用者，人能群，彼不能群（《王制篇》云：人生不能无群，群而无分则争，争则乱，乱则离，离则弱，弱则不能胜物。）而人所以能群者礼以分之也。（其论君曰：君者能群者也）；此礼之所起，亦即政之所起也。

然则分之奈何？曰：亦使之贵贱有等，长幼有差，贫富知愚皆有称宜而已矣。（《富国篇》：礼者，贵贱有等，长幼有差，贫富轻重皆有称者也。谓此。）故《王制篇》曰：分均则不偏（王念孙云：遍偏古通），埶（同势）齐则不使，埶位齐，而欲恶同，物不能澹（同赡），则必争；争则必乱；乱则穷矣。先王恶其乱也，故制礼义以分之；使有贫富贵贱之等，足以相兼临者，是养天下之本也。使有贫富贵贱之等云者，此所谓分也。分则分明，分明则群使矣。然则荀子所谓礼者，其用有二：自其正身者而言之，则礼者法也。故曰：礼者法之大分。自其正国者而言之，则礼者又分也。故曰：分莫于礼。故《致仕篇》有曰：礼及身而行修，义及国而政平。义者，行之以礼者也。（《大略篇》：君子处仁以义，然后仁也；行义以礼，然后义也。《礼运》亦云：礼者义之实也。儒者所谓礼义者，固无二致。）抑吾闻慎子之言有曰：一兔走，百人追之，积兔于市，过而不顾。非不欲兔也，分定不可争也。荀子之言礼，固有参于法家之义者也。则其所谓明分者，其与慎子之所谓分定，将毋同？此亦其与孔子异者也。窃尝考之：战国承春秋之后，杂学并起。大抵邹鲁慕仁义，燕齐务迂怪（如邹衍、田骈是），陈宋荆楚则老墨并盛，郑卫三晋则法术相风。荀子者与慎子并生于赵者也；则其自归于儒，卒乃不能不参于法者，倘亦所谓此系乎地者欤？且夫荀子固曰：墨子有见于齐，无见于畸。彼盖自诩见齐见畸矣。立隆以为极，而天下莫之能损益，此荀子之所谓齐也。齐也者，齐正于礼也。使有贫富贵贱之等；此荀子之所谓畸也。畸也者，畸分于礼也。是故其所异于法家者，在乎以礼为法。其所异于墨氏者，在乎以礼为分，荀子之学，礼而已矣。

《旨要》第二十上

周衰，至于战国之季，天下既由分而浸合，百家亦遂由裂而浸一。（《庄子·天下篇》道无不在，皆源于一。百家往而不返，道术将为天下裂。）孰一之？荀卿是已。荀子于儒，盖至卓也！其于墨与法，则相倚而相参；其于道与名，则相反而相成。何者？荀子之出，于时最后。当其生，坚白同异之辩，觭偶不仵之辞，相訾相应（《庄子·天下篇》文）；是非无定，辩讼不决。而方术之士，乃有以生也有涯，知也无涯，而谓以有涯随无涯为殆者矣。有谓以可以知之性，求可知之理，没世穷年不能遍，而以犹不知错为与愚若一者矣。（盖皆激于纷纷之辩，而为此论。)夫是，故始也任天行如庄周者，倡言道无不在，根本老子绝圣弃知之旨，不谴是非，以与世俗处；以为庸讵知所谓知之非不知，所谓不知之非知，与其誉尧而非桀，不若两忘而化其道。而继也治人道如荀子者，重言道有一隆，参取墨子善无不可用之意，学则以至足为止，益理为中；言则以辨合符验为贵，王制为隆；而归于隆礼义，而法先王。夫所谓辨合符验为贵，益理为中者，所以矫坚白同异之辩，觭偶不仵之辞也。所谓至足为止，王制为隆者，所以正知也无涯，没世穷年不能遍之失也。且夫荀子固参于墨法，反乎名道而一之者也。噫：此其所以为卓也欤？虽然，其于儒信卓矣；其于百家固若是班乎？曰：荀子固自以为法孔子者也。孔子道归于为仁，仁本于复礼。而荀子曰：先王之道，仁之隆也，比中而行之，曷谓中？礼义是也。亦以礼义之中，仁之隆矣。重言人道，归本礼义，折衷圣王，斯固所谓一隆之道已。然则其所谓人道者礼，其所同乎孔子而异乎百家者，亦礼而已矣。是故其于法：法家明分，荀子曰：分莫大于礼；法家尚法。荀子曰：礼者法之大分，非礼，是无法也。其于墨：以墨子蔽于用而不知文，则曰：礼者使劳佚丰俭有称也。劳佚丰俭有称者，荀子之所谓文也。(《大略篇》礼义以为文。参看本书《中事中说》第五。)以墨子有见于齐无见于畸，则曰：礼者使贫富贵贱有等者也。贫富贵贱有等者，荀子之所谓畸也。(参看本书《群劳》第十九)荀子之学，礼而已矣。此其所以为儒也。

然则其于孟子卒不能无异者何？曰：荀孟之学其大旨同也。而其迹之似异者，性善性恶之说耳。遵先王法后王之说耳，非其说之果不同也；所以言学之道异故耳。夫荀子之言学，固贵于辨合符验者也。贵于辨合符验，是以言天，则必征于人，言古，则必节于今，言天而必征于人，此荀子之所以谓性恶也。言古而必节于今，此荀子之所以法后王也，此其所以与孟子异也。由是言之，欲知荀子与百家之同，不可不知其学之所隆；欲知荀子与儒学之异，不可不知其言之所贵。所谓学之所隆，以至足为止，益理为中，是已。所谓言之所贵，以辨合符验为贵，王制为隆是已。虽然，先王有所未至，礼法有所不及，于是又在类以齐法教之所不及，闻见之所未至矣。故曰：伦类不通，不足谓善学。又曰：人无法，则怅怅然。有法而无志其义，则渠渠然。依乎法，而又深其类，然后温温然。曷谓类？类者纲纪于礼，贯通之以应变者也。是则荀子也已。

《旨要》第二十中

荀子者，法先王者也；治人道者也。其意以为先王之道，固无逾人道者矣。是故山渊平，天地比，钩有须，卵有毛，是说之难持者也；然而荀子以为君子弗贵也。怀负石而赴河，是行之难为者也；然而荀子以为君子弗贵也。坚白同异，有厚无厚之察，非不察也；然而荀子以为君子不行止之也。倚魁之行，非不难也；然而荀子以为君子不行止之也。无它，亦以其无益人事，非先王之制而已矣。夫荀子为学固贵有所止之者也。然则安贵而安止焉？曰：礼。礼者圣王之制也，故曰：学也者，固学止之也。恶乎止之？曰：止诸至足。曷谓至足？曰：圣王也，故学者以圣王为师，案以圣王之制为法。所贵于礼而止之者何？曰：礼者人道之极也，故曰：人道莫不有辨，辨莫大于分，分莫大于礼信。夫荀子重言人道，归本礼义，折衷圣王也。虽然，其于礼又奈何？曰：荀子所贵乎学者二：一曰知，二曰行；所以成其知与行者三：一曰求，二曰积，三曰尽。《儒效篇》曰：志忍私，然后能公，行忍情性，然后能修，可谓小儒矣。志安公，行安修，通知统类，则可谓大儒矣。安者行而安之，通者知而通之也。且夫荀子以为人之性恶；其言性也，固曰：礼义者非故生于人之性也。礼义非生于人之性，故于行求之而得矣，则以积忍而进于安礼为尽其言礼也。又曰：礼者立隆以为极，而天下莫之能损益也。立隆以为极，天下莫之能损益，故于知求之而得矣，则以积知而至于通类为善。由是言之，荀子所谓心不可以不知道者，其义有二：其始也，可而行之，所谓众人法而不知是也；其继也，行而通之，所谓圣人法而知之是也。是则荀子也已。

《旨要》第二十下

欲知荀子与百家之同，不可不知其学之所隆；欲知荀子与儒学之异，不可不知其言之所贵。虽然，犹有当知者焉，其门弟子是已。何者？知其门弟子，则其效可核也。

荀卿弟子其受业固无如韩非、李斯显者，非著书自成一家之学，斯则但见诸行事；要皆法术之士耳。请先核韩非。

《史记·韩非列传》非喜形（《史记》形作刑，疑误）名之学，而归本于黄老；固矣。然非要为荀卿弟子。奚以明其然哉？非之学无重形名，形名之用，要于虚静。其说曰：圣人执一以静，故虚静以待令，令名自命，令事自定也。又曰：人主将欲禁奸，则审合形名者言与事也；为人臣者陈其言，君以其言授之事，专以其事责其功；有言者自有名，有事者自为形。形名参同，而君乃无事焉。既曰审合形名者言与事也，又曰：有言者自为名，有事者自为形。则所谓臣陈其言者，令名自命也；君以其言授之事，专以其事责其功者，令事自定也。言者名也；事者形也。言陈而事授，而君乃以其言，审其事，以其名，合其形；以待其自命自定。此形名参同之所以无事也。此令名自命，令事自定之所以为虚静也。虚静，固黄老之本也。虽然，其所谓静，执一以静也。执一以静者，君操其名，臣效其形。执此以名责效之一道，以为静也。故曰：用一道以名为首,此其为说,与荀子所谓以一行万,以礼为纲者,意岂异哉?故曰:非要为荀卿弟子,匪特此也。荀子曰:夫论者贵有辨合,有符验。孟子曰:人之性善,无辨合,无符验,坐而言之,起而不可设张,而不可施行;岂不过甚矣哉。此言天而必征人之本旨也。韩非曰:孔子、墨子俱道尧、舜,而舍取不同,皆自谓真尧、舜;尧、舜不复生,将谁使定尧、舜之诚乎?无参验而必之者,愚也。弗能必,而据之者,诬也。故明据先王,必定尧、舜者,非愚则诬也。此言古而必节今之遗意也。是则荀子以辨合符验为贵,而韩非以无参验为愚,弗能必为诬;说固有相因矣。荀子曰:君子言必当理,事必当务;凡事行有益于理者立之,无益于理者废之,夫是之谓中事;凡知说有益于理者为之,无益于理者舍之,夫是之谓中说。荀子固谓知说事行,要以有益于理,无益于理,定立为废舍矣。以有益于理,无益于理,定立为废舍者,其意以为充虚之相移施也,坚白同异之相分隔也,是聪耳之所不能听,明目之所不能见,不知无害为君子,知之无损为小人也。(参观本书《中事中说》第十五。)韩非曰:夫言行以功用为之毂者也。明主听其言,必责其用;观其行,必求其功。用其力,不听其言;赏其功,必禁无用。韩非固亦谓言行要以有用无用为责求赏禁矣。以有用无用为责求赏禁者,其意以为听言观行,以难知为察,博文为辩,则坚白无厚之辞章,而宪令之法息也。荀子以坚白同异之辩为无益,故务于理;韩非以坚白无厚之辞为无用,故计其功,道抑有同用矣。(《韩非子·外储说左上》:人主之听言也,不以功用为的,则说者多棘刺白马之说。棘刺之说曰:燕王征巧术人,卫人请以棘刺之端为母猴,王说,养以五乘之奉。王曰:吾试观客为棘刺之母猴。客曰:人主欲观之,必半岁不入宫,不饮酒、食肉;雨霁日出,视之晏阴之间;而棘刺之母猴,乃可见也。王因养卫人,不观其母猴。郑有台下之冶者,谓王曰:试观客之削,能与不能,可知也。王曰:善。客因逃。白马之说曰:儿说宋人之善辩者也。持白马,非马也,服齐稷下之辩者;乘白马而过关,则顾白马之赋。故籍虚辞,则能胜一国。考实按形,不能漫一人。夫燕王之养卫人,不观其母猴,所谓听其言,而不责其功也。儿说之持白马非马,所谓务为辩,而不周于用也。)故曰:非要为荀卿弟子。抑匪特此也。韩非之言法,固曰:法者,事最适者也。最适也者,此荀子礼者立隆以为极,而天下莫之能损益之意也。固曰:言行而不轨于法令必禁者也,必禁也者,此荀子非察是,是察非,谓合王制,不合王制之旨也。然则韩非之所谓法,与荀子之所谓礼,盖名异而实一矣。故曰:非要为荀卿弟子。盖予之所核于韩非者如是。韩非既核,请及李斯。

李斯与韩非俱事荀卿,未尝著书;然考之《史记》,斯自以为不及韩非;斯殆合荀、韩而为用者欤?奚以明其然哉?斯之行事,见于相秦。相秦之政,烧诗书为大。其说始皇烧诗书也,一则曰:今皇帝并有天下,别黑白,而定一尊。此言天下既一，人不得异其学也。再则曰：今诸生学古以非今，惑乱黔首，人闻令下，则各以其学议之；如此弗禁，则主势降乎上，党与成乎下。此言令既下，下不得议其法也。然则李斯之所以烧诗书者，其用，主乎禁下之议令；其道，要在别黑白而定一尊。所谓别黑白而定一尊者，荀子道有一隆之意也。荀子者，固以为天下无二道，而百家异说，意欲有王者起而变之；而变之之道，又在临之以势，禁之以刑也。所谓令下，人各以其学议之，如此弗禁，则主势降乎上，党与成乎下者，韩非从主法顺上令之旨也。韩非者固以为上下趣相反，虽十黄帝弗能治，而言行不轨于法令必禁也。（顺上从主，此取墨子尚同之义矣。故《墨子·尚同》篇上云：上之所是，必皆是之，所非，必皆非之，上同而不下比者，此上之所赏，而下之所誉也。上之所是，弗能是；上之所非，弗能非；下比而不能上同者，此上所罚而百姓所非也。《韩非·难三》亦云：以善闻之者，以说善同于上者也。以奸闻之者，以恶奸同于上者也。此宜赏誉之所及也。不以闻，是异于上，而下比周于奸者也；此宜毁罚之所及也。两说文义正同。）盖自杂学并起，异说滋纷，是非无定，天下惑乱，贤者伤世不治，竞思矫枉，往往过正；至于李斯：遂乃本一隆之意，而定一尊；参顺上之旨，而禁议令；以势临刑禁之道，而行其不轨法令必禁之政。故诗书烧，而议令禁矣。且夫学术趣向，因时迁化，晚周初秦所以异于战国前者，安在哉？一曰定一尊，二曰尚功用。此其要也。一尊之说前既列矣，功用云者，发于墨，衍于荀，传韩非而义偏；得李斯而事行（韩非既以法为最适，故亦有冰炭不同器而久，寒暑不兼时而至，杂反之学，不两立而治之说），韩非之说有曰：今境内之民，皆言治，藏管、商之法者家有之，而国愈贫；言耕者多，执耒者寡也。境内皆言兵，藏孙、吴之书者家有之，而兵愈弱；言战者多，被甲者少也。故明主用其力，不听其言。赏其功，必禁无用。是则荀卿隆礼犹特以坚白同异之辩为无益，而以礼为极；韩非尚法，则管、商、孙、吴凡言之未必即效者皆以为无用而以法为适矣。呼！此李斯所以皆势临而刑禁之也欤？故厥后始皇怒卢生等诽谤，亦曰：吾前收天下书，不中用者尽去之。然则李斯本荀子一隆之意，而定一尊也。于韩非岂独参其顺上从主已哉？并其禁无用而参之矣。故议令禁，而诗书烧矣。故曰：斯殆合荀、韩而为用者欤？盖予之所核于李斯者，如此。呜呼！荀卿法先王，隆礼义，魁然战国儒学大师；特恶乎坚白同异之辩，参取墨子可用之意，发为有益无益之论，惧学者之为愚为妄，至欲以势临刑禁之道，以率民而一于先王之旧（参看《正名》）；而其弊乃至于尚功用，定一尊，而烧诗书，浸衍而浸烈也；此岂其本旨也哉！然遂谓非卿之说有以致之，不可也。斯则荀子之所偏，学者所当先知也。然则苏子瞻论荀卿明王道，李斯以其学乱天下，其言良信。近世姚姬传乃谓斯未尝以其学事秦，案其事，不明其征；考其学，不究其归；苟以骋其文墨，恣其臆度；其于古人，岂有当哉！岂有当哉！

后序

　　周衰，至于战国各国学术益纷纷杂出矣；然儒学要未尝绌。匪独齐鲁之士，六艺弗废而已。盖自魏文侯以子夏为师，于是田子方、段干木、李克之伦皆集；而儒术几及天下矣。是以楚宋被庄老之风，而陈良楚产，悦周公、仲尼之道，北学于中国；孟子以为北方之学者，未能或之先也。三晋多法术之士，而荀子赵人，亦自以为上则法舜、禹之制，下则法仲尼、子弓之义；荀子者固与孟子同为战国儒学大师者也。《韩非子》曰：世之显学儒墨也。其弗信矣乎。盖儒者之学，自七十子殁，其守孔子之业而润色之者，功独荀孟为多。虽然，荀子之出，于时最后；又与慎到公孙龙并生于赵，游学于齐，闻稷下之风，于学盖靡弗究。故其所，涵濡者博，自成为孙卿之儒。（参观《韩非·显学》八儒之目。）而其徒韩非李斯衍之，乃流于法，盖荀子者合墨法而为儒者也；其于道与名则相反而相成。韩非、李斯者合儒墨而为法者也；其于道与名则相倚而相参。昔韩退之论之曰：孟子醇乎醇者也；荀与扬大醇而小疵。吁！兹乃荀子之所以小疵也欤？是故战国学术，始孕于魏，中盛于齐楚，终汇于秦，而荀子实为之幅毂焉。且儒者之学，自董仲舒说汉武绌百氏，以崇六艺，遂以独尊于后世；夫亦荀子道有一隆，慎率民而一焉之旨也。仲舒亦私淑荀子者也。战国学术于焉幅毂，儒学独尊，道亦由之，荀子于学位至重也！余故推论其归趣为《荀卿学案》云。

  盖道有一隆，礼义是崇；毋蔽一隅，圣王是衷。作《道隅》第一。

  学在由礼，行之为止。作《学行》第二。

  物生在天，成之在人，以人成物，天用乃完。作《天人》第三。

  鬼异难穷，止诸圣王。作《止足》第四。

  擅奇乱制（王制），无益人事。作《中事中说》第五。

  法礼匪隆，要于贯通，应变以类，斯为全粹。作《伦类》第六。

  百家异趣，言各有据；有合有验，乃学之渐。作《言论》第七。

  是非莫定，必定隆正。作《隆正》第八。

  人为曰伪，天生曰性；以人全天，用成尧、舜。作《性伪》第九。

全天匪异,化性起伪。作《化性》第十。

化性有权,心与道迁。作《心权》第十一。

礼以正身,师以正礼;人有师法,斯隆积矣。作《师法》第十二。

人惟好利,故曰善伪;亦惟好利,可道为义。作《义利》第十三。

善非性生,用守以诚。作《诚守》第十四。

孔子贵仁。人道之美;荀子述之,归之于礼。作《隆仁》第十五。

文久节褫,于何法圣;观之后王,王迹可论。作《后王》第十六上下。

奇辞擅作,正道乃亡;循旧作新,复归圣王。作《正名》第十七上下。

礼以正身,亦以正国;由身及国,圣道斯极。作《王政》第十八。

政以使群,群以礼安。作《群分》第十九。

既钩其玄,既发其徽,考校得失,最其旨要。作《旨要》第二十。

右凡论二十篇,合为六卷。总是以观,荀子之所谓道者,先王之道礼义是也。荀子之所谓先王者治人道者也。以人全天,归本礼义,折衷圣王,斯乃所谓一隆之道欤?

附录

读《荀子》旧序

周秦之际,诸子百家杂出,郁郁乎可谓盛矣。而儒家屹起于春秋之后,而私淑孔子者,则荀、孟二子也。惜乎自宋而后,荀子之学,几于废耳!且二子为学,各有所归。孟子称仁义,而归于充,以尽吾性之善。荀子隆礼义而归于伪,以化吾性之恶。曷谓充?充者,扩也。弗求于外,而扩其所固有之谓也。曷谓伪?伪者,为也。为其所可为,而未必能之谓也。(《性恶篇》云:不可学不可事之在天者谓之性。可学而能,可事而成之在人者谓之伪。)孟以人性为善,人皆有良知良能;仁义礼智非由外铄我也;我固有之也。故人皆可以为尧、舜,顾在扩而充之而已。故曰:人能充无欲害人之心,而仁不可胜用也。人能充无穿窬之心,而义不可胜用也。又曰:无恻隐之心,非人也。无羞恶之心，非人也。无辞让之心，非人也。无是非之心，非人也。恻隐之心，仁之端也。羞恶之心，义之端也。辞让之心，礼之端也。是非之心，智之端也。端之为言，始基之矣，顾在扩而充之而已。故曰：苟能充之，足以保四海。苟不充之，不足以事父母。虽然，人性之所固有者，仁义礼智之端也。端者，舍之则失者也，故充之有道。得其养，而充之基立；推之为尽其才，而充之致备。故曰：苟得其养，无物不长。苟失其养，无物不消。又曰：人有所不忍，达之于其所忍，仁也。人有所不为，达之于其所为，义也。圣人，人伦之至也。达者，推也，至者，尽也。吾故曰：孟子之学其归在充之一字而已。荀以人之性为恶，生而有好利疾恶，有声色之好，耳目之欲，礼义者，生于圣人之伪，非故生于人之性也。故性不足以独立而治。然而可化也。故人皆可以为尧、禹而未必能也。顾在为之而后成而已。故曰：人之性恶，其善者伪也。虽然，伪，为礼义也；礼义固非生于性者也，故伪亦有道。求之而后得，积之而后高，尽之而后圣，积以移质，尽以全德，而求则故无礼义，强学而求有。不知礼义，思虑而求知，所以为也。故曰：虑积焉，能习焉，而后成；谓之伪。积善而全尽，谓之圣人。又曰：尧、禹者，非生而具者也。夫起于变故，成于修为，待尽而后备者也。（故荀所谓伪，乃对生而具苟言，所谓修为是。）故礼者，所以正身也。故曰：无礼，何以正身。师者，所以正礼也。故曰：无师，吾安知礼之为是也。故又曰：人无师法，则隆性矣。有师法，则隆积矣。法即以礼为法也。故师也，礼也，又皆所以化性而起伪者也。吾故曰：荀子之言，其归在伪之一字而已。夫充也者本于性善者也；始于养而备于推与尽，所以尽人之性也。伪也者，原于性恶者也；始于求，而备于积与尽，所以饰人之性也。其言虽殊，其恉一也。皆教人以善，所谓圣人之徒也，夫乌取雅郑朱紫其问哉。唐韩愈氏谓孟子醇乎醇，荀则大醇而小疵，似矣。抑吾又谓孟子其生当战国祸乱方殷之际；荀则当祸乱既稔之后。西哲或谓人类知识之递进，所以适变应时宜也。夫知之与学一也。孟子曰：孔子圣之时者也。又曰：孔子之谓集大成。其所以能集大成者，正以其为圣之时也。学之为学，固不能无系乎时矣。然则荀之大醇小疵，而不能如孟之醇乎醇者，其失盖在有不能不以时胜道者欤？吾独怪宋儒之非荀，一若荀为鬼学委说者；亦独何哉？夫荀孟之学，其大致同也。而其似异者，亦特三端已耳：一、性善性恶之说也。二、遵先王法后王之说也。三、孟称仁义，荀隆礼义也。三者中最为宋儒所朱紫雅郑者，性善性恶之说耳。遵先王法后王之说耳。呜呼！宋儒之蔽于一曲，而不知大理也，亦已甚矣！夫荀、孟之言性，盖皆杂才与情言之，而不及知人之性者也。夫才有智愚，情有治乱（恻隐等等，是情之治者。好色等等，是情之乱者），曰善，曰恶，抑皆各执其一偏者也。然衷诸孔子相近之说，则过犹不及，固均不失为圣门大贤。呜呼！宋儒之蔽于一曲，而不知大理也，亦已甚矣！（宋儒如邵子之流，亦主生之谓性之说，然或以性有体用，因而分人物之异；亦非是。）若荀法后王之说，则又与孟遵先王，似异而同者也。夫荀子曷尝不法先王哉！故曰：儒者法先王，隆礼义。惟隆礼义，故法先王。荀固以为礼莫大于圣王也。故法后王云者，以近知远，以微知明也；以一行万，以浅持博也；以类度类，以道观尽也。故曰：欲观圣王之迹，则于其粲然者矣，后王是也。又曰：君子审后王之道，而论于百王之前，若端拜（古拱字）而议；然则所谓法者，观与审也。五帝之外，无传人，非无贤人也，久故也。五帝之中，无传政，非无善政也，久故也。禹汤有传政，而不若周之察也，非无善政也，久故。故传者久，则俞略。近则俞（校正）详。此其所以观圣于粲然者也。为文久而息，节族久而绝也。千人万人之情，一人是也。天地始者，今日是也。百王之道，后王是也。此其所以若端拜而议者也。为古今一度也。是故荀与孟，皆欲行先王之道者也，孟言法之，荀更言所以法之之道，是则其异耳。孟子之言学，固执其端者也。荀子之言学，固察其究者也。呜呼！宋儒之蔽于一曲，而不知大理也，亦已甚矣！夫惟孟子之言学，执其端，荀子之言学，察其究也。故言先王也，孟言遵而过者未之有，荀则更言欲观圣王，则于后王；而言性也，孟言乃若其情，则可以为善，荀又更言，可以为，而未必能：可以为，此孟子之所以谓性善也。未必能，此荀子之所以谓性恶也。故其为学所归所以各异者，操术然也。然则称仁义，隆礼义又何缘而异也？曰：是则缘言性而异者也。孟固以性为善，性善，故称仁义。仁义者，自内出者也。荀固以性为恶，性恶，故隆礼义。礼义者，自外入者也。然虽一以为由仁义行，非行仁义，一以为无之中，必求于外；要其谓圣人者人之所可为，有待而后成，一也。夫乌取雅郑朱紫其间哉？（孟子亦有亦在为之之言。）且夫道者体常而尽变，一隅不足以尽之。荀、孟之在战国，亦犹朱、陆之在宋耳。又安在不可以相异哉。所贵乎好古者，亦假于古耳。非必守之而弗失也。如必守之而弗失而已，则宋儒固宗孔、孟者也。顾其言乃多杂浮屠，又岂非悖圣也哉。

孟、荀同异

（在心远大学讲演）

今天要讲的，是荀卿、孟轲的学说。荀卿、孟轲同是儒家后起健将，但学说却有大不相同的地方：岂不是咄咄怪事。我们且分两步来研究：

第一步　同异

第二步　原因

一　同异

大约荀、孟学说同的地方，无甚可讲；所以今日讲演，不得不偏重他们相异的地方。他们相异的地方是什么呢？据鄙人看来，可概举之如下：

（1）性善性恶

（2）遵先王法后王

（3）称仁义隆礼义

这第（3）条仁义礼义四字，实是他们学说内最重要的部分，然却不必深讲；因为仁义，礼义，都是根性善性恶来的；性善，故称仁义；仁义，是由内出的。性恶，故隆礼义；礼义是自外至的。即此数语，其理已尽，只（1）（2）两条尚当略为发挥。

二　原因

大抵诸子百家皆各有他们讲学的方法，所以想研究诸子学说同异，当先看他们讲学的方法何似？然后可以迎刃而解。《孟子》七篇有人说他是伪书，现在除了此书，《孟子》学说，更无从考征，伪不伪，不敢断，但此书内容，似不如荀子较为完备；所以他讲学的方法，直无可讲。我们且研究荀子的方法罢。

荀子讲学的方法如何呢？

（甲）辨合符验：《性恶篇》说：

> 善言古者，必有节于今，善言天者，必有征于人。凡论者贵有辨合有符验，坐而言之，起而可设，张而可施行。

节是验，征是证，这辨合符验，就是荀子讲学最重要的方法。他的子目就是：

（一）言古节今，言天征人。

（二）可设，可行。

所以荀子的学说，是要讲靠得住的，能做到的，这最是他的特色。

我们要知道荀子生战国之季，他出世最晚；所以他的学说，在儒家最为特别；他所受时代的感化反应，实在不少。他有两个重要的主张：

（一）人为主义。

（二）益理主义。

因为当时有庄子那派人，主张任天而行；所以荀子就主张人为，主张以人制天；观他庄子蔽于天，而不知人的话，就可明白了。因为当时又有惠施那派人，好为诡谲之论，无用之辩；所以荀子又主张凡知说有益于理者为之，无益于理者舍之；凡事行有益于理者立之，无益于理者废之。观他非十二子说惠施邓析辩而无用，多而寡功的话，也就可明白了。荀子学说既然主张益理主义，那么，他讲学自然是最要贵辨合符验；要坐而言之，起而可设，张而可施行了。既然主张人为主义，那么，他讲学，自然是要言古节今，言天征人了。这是相因而至的。

（乙）以类行杂：《王制篇》说：

> 以类行杂，以一行万。

以类行杂，以一行万，这也是荀子讲学最要的方法；也就是他学问的极步。他以为到这样，才算大儒，才算圣人。何谓以类行杂，以一行万呢？《儒效篇》说：

> 法后王，一制度，而敦时书，其言行已有大法矣，然而明不能齐（读济）法教之所不及，闻见之所未至，则知不能类也。（知不能类，是《王制篇》无法者不能以类举的意思。）

这样看来，类是齐法教所不及，闻见所未至的。荀子以为事物无论如何变迁，总是化而一贯；无论历几千万年，总是古今一也。类不悖，虽久同理，所以我们就可类推不悖了。

荀子讲学的方法，就是如此。

荀子讲学的方法，大致已经说明；孟子这等方法，虽无可讲，却也可把荀子来做个反影。姑待后来随时推论，这时候不用提了。如今要回转去研究开先所举那当略为发挥的性善性恶遵先王法后王两条。只要荀子讲学的方法明白，这两条也就容易解决了。

（1）性善性恶　讲性善性恶我们应该注意的是：

（甲）何以说性恶呢？

（乙）何以说性善呢？

胡适之《哲学史大纲》说：孟子是把性字来包括人生一切善端，荀子是把性字来包括人生一切恶端，这话固然很对，却似乎还不算探题得珠。

（甲）何以说性恶呢？荀子以为人生而有好利疾恶，耳目之欲，声色之好，这都是恶端；都是生而有的。必将待师法而后正，得礼义而后治。性既然是要待师法而后正，得礼义而后治，那么，善便是人为的，不是生成的。所以他说：

人之性恶，其善者伪也。

性恶善伪，这四个字，就是后儒掊击荀子的大罪案；大抵后儒多把伪字当作诈伪，所以觉得他是邪说害正，这真冤透了！我们且看他所说性伪如何分别，《性恶篇》说：

不可学，不可事之在天者，谓之性；可学而能，可事而成之在人者，谓之伪。

这样说来，荀子明明说在天的方算是性，在人的就是伪，可见伪不是诈伪了。我们应该知道：荀子是注重人为的，是要言天征人，有辨合符验的，所以他说性恶，并不是说不能为善，善全是假；他也说涂之人可以为禹，不过他以为尧禹者，非生而具者也，涂之人可以为禹则然，涂之人能为禹，未必然也。

把可为与能为分作两层，他有个比喻最妙，他说：足，可以遍行天下，然而未尝有遍行天下者也，这话极其透辟。所以可以为三字，是靠不住的；是无辨合符验的。所以他说性恶。大抵人之于善，在天者无不可，在人者有不能；荀子以为人之于善，既是可以为，未必能，成之还在于人；所以他就舍天言人，注重人为。所以他说善伪。

荀子性恶的理论，就是如此。

（乙）何以说性善呢？孟子以为人皆有良知良能，仁义礼智，非由外铄我也，我固有之也。良知良能，这都是善端。仁义礼智，则是善端成功，所以他说人皆可以为尧、舜。所谓人皆可以为尧舜也，并不是说我们人生成就是尧、舜，不过可以为而已；有善端而已。所以他又说：

乃若其情，则可以为善矣；若夫为不善，非才之罪也。

大概孟子的意思，以为我们人，都有仁义礼智种种善端，不过只要我们把性内这种善端扩充出来，便是尧、舜了。所以说：恻隐之心，仁之端也；羞恶之心，义之端也；辞让之心，礼之端也；是非之心，智之端也；凡有四端于我者，知皆扩而充之矣。

孟子性善的理论，就是如此。

我们现在试把他们二子性善性恶的理论来比较一番，我们就知道：孟、荀二子虽然一说性善，一说性恶，但都是说人皆可以为尧、舜的，都是说善是要人为的；孟子答曹交也有亦为之而已的话；这层是他们相同的地方。不过一个说充，一个主伪，孟子就可以为立论，以为人之为善，并不是人去为善，只是将性内善端充出来；所以说由仁义行，非行仁义。荀子就未必能立论，以为善是为之而后成的，所以说无之中，必求于外；换言之，就是孟子就善之发端立论，荀子就善之成功立论，孟子是言天，荀子是征人。荀子对于孟子那可以为的话，也是承认的；但是他要征人，他要辨合符验；觉得可以为三字靠不住，他要再征之于能不能，再征之于善是如何成功，然后判断。孟子却没有这种方法，他觉得可以为，就是性善；所以一说性善，一说性恶，一说充，一说伪，这就是他们不同的原因了。所以荀子驳孟子说：

孟子曰：人之学者其性善，是不然，是不及知人之性，而不察乎性伪之分也。

又说：

今孟子曰：人之性善，无辨合，无符验，坐而言之，起而不可设，张而不可施行，岂不过甚矣哉！

这是说孟子但知人可以为善，不知善成在人；明明善成在人，偏说性善，这是不知性伪之分了。孟子但知人是可以为善，不知可以为，却是未必能；明明未必能善，偏说性善，这是无辨合符验了。所以荀子异于孟子的原因，就是言天而征人；观此益见。

汉朝董仲舒有段论性的文章，很可参考；今引来做个旁证。他说：

> 性有善端，动之爱父母，善于禽兽，则谓之善；此孟子之善。循三纲五纪，通八端之理，忠信而博爱，敦厚而好礼，乃可谓善；此圣人之善也。

董子是尊荀子的，圣人就指荀子，所谓善端，即是仁义礼智之端；亦即所谓发端之善。圣人之善，即是为之而后成之善；亦即所谓成功之善。所以孟荀性善性恶之争，自另一方面言之，也可说是他们所谓为善的意义，各有深浅不同了。

（2）法后王遵先王：孟子法先王，只遵先王之法而过者未之有也，一句已经显透；不用多说。我们现在要知道的：就是荀子法后王与孟子同异究竟如何。

我们先要知道：荀子是隆礼的，所以他也就是遵先王的；他曾说过：人道莫不有辨，辨莫大于分，分莫大于礼，礼莫大于圣王。又说：儒者法先王，隆礼义。圣王，即是先王。那么，他何以又说法后王呢？《非相篇》说：

> 五帝之外，无传人，非无贤人也；久故也。五帝之中，无传政，非无善政也；久故也。禹、汤有传政，而不若周之察也，非无善政也；久故也。故传者久，则俞略，近则俞详。

这是古略今详的论调。《不苟篇》说：

> 千人万人之情，一人之情是也。天地始者，今日是也。百王之道，后王是也。

这是古今一也的论调。

古就是先王，今就是后王。现在我们要想一想：荀子是个怎样一种人呢？他是不是主张言古节今的呢？是不是贵辨合符验的呢？是不是以类行杂的呢？他所想法的古，既认为不如今的详明；而详明的今，他又认为是与古一情；那么，他那贵辨合符验的人，要想法古，怎得不节之详明一情的今呢？怎得不以详明的今，来做个度古的类呢？这就是他法后王的原因了。所以他说：

> 圣王有百，吾孰法焉？曰：文久而息，节族（同奏）久而绝，欲观圣王之迹则于其粲然者矣；后王是也。

又说：

> 君子审后王之道，而论于百王之前，若端拜（古拱字）而议。

这样看来，荀子的法后王，并不是法后王，不过是以近知远，以微知著。是因为先王太久远，文物制度不可详知，不得不观其迹于粲然的后王耳。所以他所谓善言古者必有节于今，善言天者必有征于人两句话，就是他性恶与法后王的根据了。

后王是谁呢？《非相篇》说：

> 欲知亿万，则数一二；欲知上世，则审周道。

大概荀子所谓先王，就是五帝尧禹；所谓后王，就是周道。所以他法后王，也可说是孔子从周的意思。所以他论五帝无传政的时候，对于周道，就说：

> 禹、汤有传政，而不若周之察也。

察，就是粲然的意思。

那末，他观后王，又是从何处观之呢？我们已经知道：荀子法后王，是以后王为推知先王的类，而礼之一字，荀子又以为是法之分，类之纲纪；那么，他所法于先王的是礼，他所观于后王以知先王的也不外乎礼了。所以他说：

> 将原先王，本仁义，则礼正其经纬蹊径也。

经纬蹊径就是路道。

这就是荀子法后王的理论。

荀子法后王的理论既然如此，那么我们就可知道：他与孟子同是遵先王的；他们不同的地方，只是荀子遵先王，是要观先王于后王，这是因为荀子要以类行杂，要辨合符验，言古节今；孟子却没有这等方法。所以他非笑孟子说：

> 略法先王，而不知其统。

统，就是统类；就是古今一情的地方。不知其统，所以说略法。知其统，就是观圣王于粲然。所以他与孟子不同的原因，简单言之，就是法先王，要知其统；要观先王于粲然。

结论：鄙人对于性善性恶，遵先王法后王两条的意见，大致都已贡献了。前数年曾做了一篇《读〈荀子〉自序》，中间有一段，可以引来做今日讲演的结论。序说：

> 孟子之言学，固执其端者也；荀子之言学，固察其究者

> 也。夫惟孟子之言学执其端，荀子之言学察其究也；故言先王也，孟言遵之，荀则更言观之后王；而言性也，孟子言可以善，则是性善；荀又更言未必能，则是性恶。故其学所归所以各异者，操术然也。

据鄙人看来，二子讲学方法的分别，只是执端察究四个字。

补义：鄙人对荀子法后王之说，刚刚已经代他伸了沉冤；却还有要补的剩义。这剩义是我想象的，他书中却找不出证据来，对不对，不敢自必，所以留到最后来补。

要补说的是什么呢？我今且把我做的《荀卿学案》里面法后王下那篇文章抄出来，让大家评论，就得了。

> 韩非有言：孔子、墨子俱道尧、舜，而取舍不同；皆自谓真尧、舜，尧、舜不复生，将谁使定尧、舜之诚乎？无参验而必之者愚也，弗能必，而据之者诬也。太史公亦曰：学者多称五帝，其文不雅驯，荐绅先生难言之。古者言学，固未有不则古昔，称先王者，庄子所谓重言（引古为重）是也。岂独孔、墨道尧、舜哉？亦各有取舍，而自谓为真而已矣。若如庄列之容成、大庭、伯皇、中央、栗陆、骊畜、赫胥、尊卢，则又五帝之外者；诚哉，其难言也！盖学者之称古昔也，纷纷矣；抑匪独取舍不同已也。夫荀子固曰：五帝之外

无传人,五帝之中无传政。无传人,无传政,此学者称古昔之所以纷纷也。夫荀子之言学,固贵于有辨合符验者也,韩非之所谓参验者,亦即辨合符验之谓也。然则其法后王也,固言古而节今,以近而知远也;虽然,毋亦感于纷纷难言者,故以后王为之参验,以定尧、舜之诚,而必之也欤?所谓后王者,又反容成大庭如庄列所称,无参验弗能必者而言欤?

盖自周衰,王官失职,百家九流,应时并起;而荀子之出,于时最后,又尝游学于齐,观稷下之风,故其学之所涵濡者博,而与诸家相反相成者亦多焉。是故止足之谊,用补有涯无涯之失;有益之论,为禁坚白异同之妄;则其法后王也,又安知非以后王为之参验,以反弗能必之说而然欤?

性 辨

(此文吾友简君百诚所作见《东方杂志》第八卷第五号。)

性,无所谓善恶也。善恶者性之外之事,非性中之事也。人生而有欲,饮食男女,与生俱生者也;善而可以遂其欲,则善焉;无意于善也。恶而可以遂其欲,则恶焉;无意于恶也。孩提之童,爱其亲,非性固知爱也,望亲之有以养其欲也。及其长也,敬其兄,非性固知敬也,恐兄之有以拂其欲也。臧获媚人，非性固好媚也，媚而后可求所欲也。盗贼杀人，非性固好杀也，杀而后可得所欲也。嗜欲得，而信衰于友；爵禄盈，而忠衰于君；非性固始含忠信而终否也，前以谋所欲，后既获所欲也。性也者，不得以善恶论也。性，无所谓善恶也。善恶者，性外之事，非性中之事也。人类之始也，或争夺焉；或淫乱焉；凡以求遂其欲而已。性之中，固非有恶也。有圣智者出，知争夺淫乱之终不可以遂其欲，而有害也；乃起礼义，兴忠信，使各得遂其欲，而毋相害；于是人皆知争夺淫乱之适以互相为害，礼义忠信之可以各遂其欲也，故咸趋善而避恶焉；性之中亦非有善也。故礼义忠信，非以矫之也，乃以顺之也。曷谓顺？陵人者，人亦陵之，杀人者，人亦杀之，求所欲，而反以来所不欲；不利之至也。爱人者，人亦爱之，敬人者，人亦敬之，毋侵他人之自由，而己亦得享其自由；利之至也。故礼义忠信，虽非性中之所固有；然利而行之，要不待矫揉造作而然也。恶，亦率性也。善，亦率性也。善恶，皆所以求遂其欲而已。故性者，不可使之为善者也，不可使之为恶者也，其使之也，非使之也；借于遂其欲而已。苟其无所欲，抑不足以遂其欲，而使之为善焉，为恶焉，彼必不从也。性固不知善之为善，恶之为恶也。故曰：善足以遂人之欲之可贵也，非曰善之可贵也；恶可以违人之欲之可恶也，非曰恶之可恶也。圣王者，恐庸人之未喻，势不可以久也。乃立善恶之名，辨是非之道，设赏罚之政，荣名誉之途；于是积久而成俗，其小人悚于刑，而君子竞于名，不复知善足以遂人之欲之可贵，而曰善之可贵；不复知恶可以违人之欲之可恶，而曰恶之可恶；有舍所以求所欲而云善恶者矣。然则性固可使为善欤？曰：不可也。小人不知善所以遂其欲，而为之者，以刑之在后，乃其所不欲者也。君子不知善所以遂其欲，而为之者，以名之在前，乃其所欲者也。然则其使之也，非使之也，仍借于遂其欲而已，虽然，迹有似乎矫之矣。好名者不可多得，怀刑者或冀幸免，此善人之所以少，而恶人之所以多也。死节所以养生，费用所以养财，恭敬所以养安，文理所以养情，今不曰所以养生，养财，养安，养情，而曰死节费用恭敬文理之可贵。是亦不揣其本而齐其末矣。是故化之浅也，人咸以争夺淫乱为可以遂其欲，故趋于恶；化之深也，人咸以礼义忠信为可以遂其欲，故趋于善；揣其本者利善而行之，故善人多；齐其末者，慕善而为之，故善人少。荀子有见于浅化，无见于深化；有见于慕善，无见于利善；故曰：性恶。孟子有见于深化，无见于浅化；有见于利善，无见于慕善；故曰：性善。扬子、韩子疑其义，而不深维其故，故曰：善恶混，曰三品；究之善恶，皆性外之事，非性中之事也。曰善，曰恶，曰混，曰三品，皆知其然，而未知其所以然也。告子曰生之谓性，食色性也，其庶几乎？虽然，告子知其一，而未知其二也。夫善恶，皆以遂其欲而已。不然，性固不可矫揉造作使之为善为恶也。杞柳湍水之喻，是矫揉造作使之为善为恶也。是则告子终未及知人之性也。然则犬牛之性，犹人之性欤？曰：然，犬牛亦求遂其欲耳。盖自理而言，性固无善恶也，皆有欲而已；禽兽与人一也。自气而言，才则有灵顽也。知所以遂其欲者是也。禽兽最顽，而人灵；野兽食人，所以养其欲也。家兽不触人，亦所以求其欲也。礼义忠信禽兽未尝不有也，然而微矣，顽故也。而人之与人也，又有灵顽之分焉，世有不待师法而知争夺淫乱之不足以遂其欲者，其行流于善，非性善也，灵故也。世有虽有师法而犹不明礼义忠信之可以遂其欲者，其行流于恶，非性恶也；顽故也。是故人皆可以为尧、舜，而卒不为者，非不为也，其才不及也。彼固未知尧、舜之道，固得大遂吾人之欲也。圣贤与不肖，虽曰由学而后分，然才者固基也。孔子曰：性相近也，习相远也。唯上智与下愚不移。盖性无所谓善恶也，皆有欲而已；灵顽若一也。故曰：性相近。或为恶以遂其欲，或为善以遂其欲，故曰：习相远。灵者以善为可遂其欲，劝之为恶，不从也；顽者以恶为可遂其欲，劝之为善不听也。故曰：上智下愚不移。上智下愚者，最灵最顽之谓也。以才言，非以性言也。性，无所谓善恶也。善恶者，性外之事。非性中之事也。或曰：荀子就学者言，曰恶，所以策人之自修也。孟子就教者言，曰善，所以勉人之自励也。其然乎？

近世言心理者，区人之欲为先天、后天二者。今夫人，饥则欲食而已；是无待而然，所受乎先天者也。然父兄在前，虽饥必让；其让也，非不欲也，有所不欲，而强忍之也。强忍，荀子之所谓伪，而孟子之所谓辞让也。然必有待于忍而后然，是所受乎后天者也。今夫人，饥则欲食而已；是无待而然，所受乎先天者也。然宴乐嘉宾，虽饥，莫敢先焉；其莫敢先，非不欲也，有所羞，忍而不为也。忍而不为，荀子之所谓伪，而孟子之所谓羞恶也。然必有待于忍而后然，是所受乎后天者也。孟子之论性曰：辞让之心，礼之端也；羞恶之心，义之端也；荀子之论性曰：人饥，见长而不敢先食者，将有所让也；故顺情性，则不辞让；辞让，则悖情性矣。然则荀子之所言，先天之欲也；孟子，后天之欲也。此亦其所以异也。简子以慕善利善辨荀、孟之性，其说至精审矣！余因其善恶生于欲之言，而更究二子同异之故如此。公哲书。

图书在版编目（CIP）数据

荀卿学案 / 熊公哲著 . — 济南：山东文艺出版社，2018.7
（齐鲁文化研究文库）
ISBN 978-7-5329-5651-7

Ⅰ.①荀… Ⅱ.①熊… Ⅲ.①荀况（前313—前238）—哲学思想—研究②《荀子》—研究 Ⅳ.① B222.65

中国版本图书馆CIP数据核字（2018）第098296号

责任编辑：冯　晖　房洪民
装帧设计：刘小军

荀卿学案
熊公哲　著

主管单位	山东出版传媒股份有限公司
出版发行	山东文艺出版社
社　　址	山东省济南市英雄山路189号
邮　　编	250002
网　　址	www.sdwypress.com
读者服务	0531-82098776（总编室）
	0531-82098775（市场营销部）
电子邮箱	sdwy@sdpress.com.cn
印　　刷	山东临沂新华印刷物流集团有限责任公司
开　　本	890毫米×1240毫米 1/32
印　　张	3.5
字　　数	84千
版　　次	2018年7月第1版
印　　次	2018年7月第1次印刷
书　　号	ISBN 978-7-5329-5651-7
定　　价	38.00元

版权专有，侵权必究。如有图书质量问题，请与出版社联系调换。